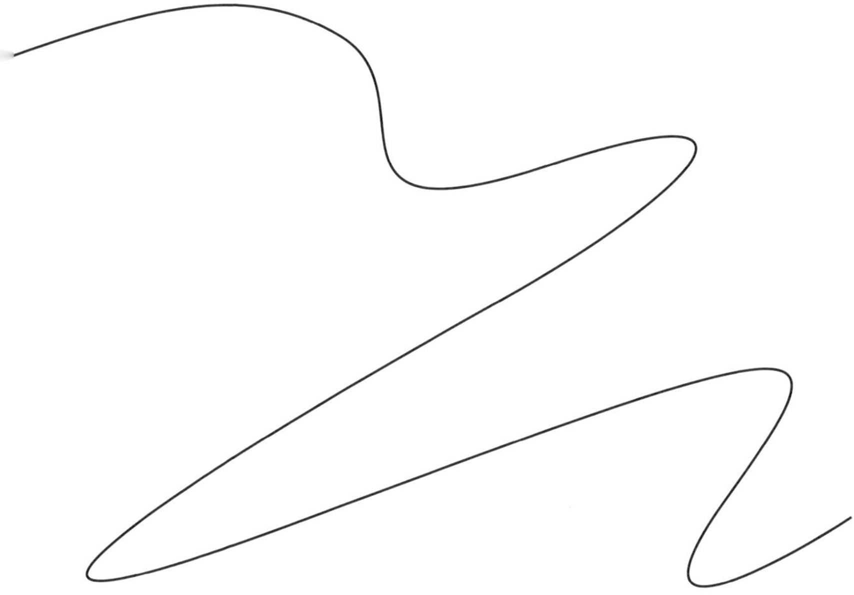

잊지 않으려고 시작한
매일의 습관,

기록하기로 했습니다.

김신지 지음.

당신의 오늘은 잘 기억되고 있나요?

잊고 싶지 않았던 많은 것들이

우리를 스쳐지납니다.

아무리 사소한 것일지라도

자신의 삶을 기록으로 남기는 건

분명 멋진 일이 될 거예요.

기록하는 사람이 되는 기적을 위하여.

어떤 하루의 끝에는 그런 생각을 합니다.
나한테 중요한 것들은 정작 따로 있는데,
다른 데 신경쓰느라 불행해지고 만다는.

이런 마음을 내내 안고 살지 않으려면
나한테 중요한 것들이 무엇인지 알아채고,
잊지 않도록 어디든 적어두어야 했습니다.
기록하는 사람이 되는 것이죠.

저로 말할 것 같으면 오래전부터 무언가를 기록하는 데 자주 실패해온 사람입니다. 시작은 초등학교 일기장까지 거슬러 올라갑니다. 검사 맡기 위해 쓰는 일기가 즐거울 리 없었어요. 이런 걸 뭐 하러 매일 써야 하는 걸까, 싶기도 했습니다. 어릴 때는 시간을 그저 내 앞에 한없이 쌓여 있는 것으로만 여겼으니까요. 어른이 된 지금은 압니다. 시간은 금세 흩어지고 또 사라져버린다는 걸. 그래서일까요.

오래 자취했던 방을 떠나 이사할 때, 마음을 나누었던 누군가와 헤어질 때, 길거나 짧은 여행에서 돌아올 때, 문득 '이렇게 한 시절이 가는구나' 생각하곤 했습니다. 다시 오지 않을 시간을 돌아보며 내 안에 있는 내가 읊조립니다. 이렇게 한 시절이 가는구나. 반은 쓸쓸하고 반은 애틋한 기분으로요. 그때마다 같은 후회를 했습니다. 기록해둘걸, 하고요. 매일 내 방 창가에서 내다보았던 풍경을, 한 사람과 나누었던 사소하지만 중요한 대화들을, 여행지에서 저물녘마다 마음을 타자기 삼아 찍었던 문장들을 모아둘걸, 적어둘걸, 어떻게든 붙잡아둘걸…. 왜 그런 후회는 항상 늦게 찾아와 마음을 뒤채이게 하는 걸까요?

기록이란 단어는 '기록할 기(記)'와 '기록할 록(錄)'자로 이루어져 있습니다. 적고 또 적는 셈이죠. 사전적 뜻은 "주로 후일에 남길 목적으로 어떤 사실을 적음. 또는 그런 글". 현재에 서서 '후일'을 생각하는 사람이라면, 아마도 지금 이 순간을 미래로 부치고 싶어하는 사람일 겁니다. 그는 아는 거예요, 지금이 단 한 번뿐이라는 걸. 같은 순간은 절대 다시 오지 않는다는 걸. 그러니 기억하고 싶다면, 이 순간을 적어서 미래로 부쳐두어야 한다는 걸.

기록한다는 것은 무엇을 기억할지 정하는 일이기도 합니다. 살면서 마주치는 모든 것을 기록할 순 없으니 그 과정에서 중요한 것은 더 중요해지고, 덜 중요한 것은 덜 중요해지겠죠. 그게 무엇이 되었든 자기만의 기록을 시작하는 순간 우리는 시간을 다른 방식으로 겪게 됩니다. 하루가 촘촘해질 테니까요. 기록해둔 '지금'은 분명 미래에서 우리를 기다려줄 테니까요.

이 책은 2020년 4월부터 6월까지, 매일 밤 11시 구독자들에게 카카오톡으로 콘텐츠를 전송하던 '어떤요일' 프로젝트에서 시작되었습니다. 6명의 작가가 모여 각자의 요일에 가상의 가게를 열어 손님을 맞이한다는 계획이었는데요. 저는 '월요일의 엽서 가게'를 맡았어요. 어떤 이야기를 할까 고심하다가 제가 자주 하고 좋아하는 것, '기록'에 대해 말하기로 마음먹었습니다. 나는 왜 습관처럼 기록하기 시작했는지, 무엇을 기억하고자 정했는지, 그것을 또 어떻게 기록하고 있는지 매주 한 장의 사진과 한 편의 글을 엽서처럼 띄웠습니다. 그때 썼던 글의 일부에 미처 하지 못했던 이야기를 더하고, 사진을 덧붙이니 한 권의 책이 되었습니다.

이 책에서 말하는 '기록'은 적는 일만을 뜻하지 않습니다. 그림을 그리거나 사진을 찍거나 영상을 남기는 등 어떤 식으로든 순간을 붙잡아두려는 모든 시도를 기록이라 여기며 썼습니다. 기록은 메모와도 조금 다릅니다. 그때그때 적어둔 메모가 한 알 한 알의 구슬이라면, 기록은 그것을 꿰는 일에 해당하니까요. 낱개의 메모보다는 한 가지 주제로 일관된 기록을 이어나가는 일에 대해서 말하고 싶었습니다.

1, 2장에서는 일상의 순간들을 기록하는 방법에 대해, 3장은 일하는 자아로서 기록을 잘 활용하는 방법에 대해, 4장에서는 내가 사랑하는 것들을 기록해야 하는 이유에 대해 썼습니다. 한 사람에게라도 도움이 될까 싶어 최대한 기록의 다양한 형태를 담으려 했을 뿐, 제가 이 모든 걸 꾸준히 하는 것도, 모두가 이렇게 종류별 기록을 해야 하는 것도 아닙니다. 하지만 한 가지는 분명히 말할 수 있어요. 기록은 나에게 있어 중요한 것이 무엇인지 잊지 않게 해주고, 삶이 건네는 사소한 기쁨들을 알아챌 수 있도록 돕는다는 사실 말이에요.

기록에 대한 글을 책으로 묶기까지 망설이던 저에게 매번 맥주를 부어주며 격려해주었던 김보희 편집자님, 일하러 만나는 건데도 만날 때마다 즐거웠던 자기만의 방 식구들, 그리고 지난봄부터 지금까지 서로의 다정한 독자이자 든든한 동료가 되어준 어떤요일의 다섯 작가님(김달님, 김연지, 이미화, 정지혜, 홍화정)에게 특별히 감사의 인사를 전합니다.

누구나 자기 인생을 기록하는 사람이 될 수 있습니다. 나는 무엇을 기억하고 싶어하는 사람인지, 그것을 어떻게 기록해두고 싶은지 이 책을 읽는 동안 찾으실 수 있다면 기쁘겠습니다.

모든 삶은 기록될 가치가 있으니까요.

기록을 시작하기 좋은 새해 첫 달에,

김신지

기록하는 법, 첫 번째.
일기를 쓰기로 했습니다.

기록하는 법, 두 번째.
순간을 수집하기로 했습니다.

기록하는 법, 세 번째.
영감을 모으기로 했습니다.

기록하는 법, 네 번째.
사랑을 남겨두기로 했습니다.

How to use this book.

잊고 싶지 않은 것들을 남겨두기 위해 우리는 기록을 합니다.

이 책에는 자기 삶을 기록하는 데

참고할 만한 스물두 가지 방법이 담겨 있습니다.

읽는 책을 넘어 쓰는 책으로 활용해주세요. 다음과 같이.

1. 한 편의 글을 읽으며 기록하고 싶은 마음을 조금씩 예열합니다.

2. 글 끝마다 나오는 * 기록 연습 *이 무엇인지 확인합니다.

3. * 기록 연습 * 아래쪽에 줄 노트를 준비해두었어요.

자유롭게 적고 그리며 연습해봅니다.

4. * 예를 들면 *페이지를 참고해도 좋아요.

제가 실천하고 있는 기록, 혹은 다른 이들의 기록을 모았어요.

5. 책을 덮은 뒤에도 내가 실천하기로 한 기록을 꾸준히 이어가주세요.

기록하는 법, 첫 번째.

일기를 쓰기로 했습니다.

오늘 어떤 하루를 보내셨나요?

오늘 하루의 인상을
몇 줄로 남겨둔다면
그건 어떤 문장들이 될까요?

살면서 두 번 반복되지 않을
오늘을 몇 줄의
기록으로 남겨보세요.

나는 오늘을
어떻게 기억하게 될까요?

우리가 매일을 기록해야 하는 이유.

#매일의일기

1962년 7월 2일.
옹기 30원, 점심값 5원, 란닝구 15원, 설탕 15원.

점심값이 5원이던 시절이라니, 까마득하게 여겨지네요. 이 짧은 기록은 울산에서 평생 농사를 지으며 살아온 김홍섭 할아버지의 일기장에 적힌 내용입니다. 얼마 전 그는 스물세 살이던 1955년부터 2018년까지 무려 64년간 쓴 일기 65권을 울산박물관에 기증했다고 해요.

평범한 노트에 매일 짤막한 분량으로 적어 내려간 일기. 특별한 것은 없습니다. 먼저 그날의 날씨를 기록한 뒤, 논에 물을 댄 이야기, 송아지가 태어난 이야기, 시장에 나가 장을 보거나 집에 손님이 찾아온 이야기 등 사소한 일상을 적었습니다.

할아버지는 그저 매일 밤 자신의 하루를 몇 줄로 적어나갔을 뿐이지만, 시간이 10년, 20년 쌓이고 나니 그 일기는 사료적 가치가 충분한 기록이 되었어요. 근현대 농촌사가 고스

란히 담긴 이 노트는 한 사람의 일생뿐 아니라 울산 지역의 65년을 증언하게 되었습니다. 앞으로 얼마나 살는지는 몰라도 생이 다하는 날까지 일기를 쓰고 싶다는 김홍섭 할아버지는 이렇게 말합니다.

"울산에서 태어나고 자란 한 사람 일생과 역사의 기록이 박물관에 오랫동안 보전돼 많은 사람이 봐주면 좋겠습니다."[1]

내 일기장이 박물관에 전시된다고 생각하면 아찔하지만(그러기엔 감정을 너무 많이 적은 것 같네요!), 표지가 너덜너덜 해어진 할아버지의 일기장을 보러 울산에 가고 싶어집니다. 고백하자면, 저는 누군가 오랜 시간 동안 기록해온 일상을 볼 때 이상한 설렘을 느끼는 일기 덕후입니다. 비유가 아니라 실제로 가슴이 두근거립니다. 이렇게나 오랜 시간을 쌓아오다니! 감탄하는 마음으로요.

삶이라는 건 한 사람에게만 일어나는 이야기니까

언젠가 TV에 김홍섭 할아버지와 비슷한 세월 동안 일기를 써온 할아버지가 나온 적 있습니다. 그 역시 기록의 달인이었죠. 작은 시골 마을에서 일어난 일을 어찌나 세세하게 적어두었던지, 마을 사람들은 엇갈린 기억으로 언쟁이 일 때마다 할아버지를 찾아와 서로 내가 더 억울하다, 내가 더 답답하다며 일러댑니다. 지금 어느 때의 무슨 일로 시비가 붙

1 〈64년간 농사일기 쓴 김홍섭 할아버지 "삶 다할 때까지 기록"〉 연합뉴스, 2019.08.01.

었는데, 누구 말이 맞느냐면서요. 할아버지는 조선 시대 사관처럼 일기장을 펼쳐 해당 부분을 읊어준 뒤 판사처럼 근엄하게 닫습니다. 수십 년간 일기를 써온 할아버지의 성실함도, 작은 마을에서 일어나는 크고 작은 소동도, 별것 아닌데 어찌나 눈을 뗄 수 없던지요.

그럴 때 우리가 놀라는 것은 일기의 내용이 아니라 시간 때문일 겁니다. 마치 수령이 몇백 년에 이르는 커다란 나무 아래에 섰을 때나, 시간의 침식 작용으로 이뤄진 절벽 같은 것을 바라볼 때 느끼는 기분과 흡사한 것이죠. 오랫동안 한 자리에 쌓여온 시간에 감탄하는 것. 그 시간을 볼 수 있도록 남겨둔 한 사람의 성실함에 감탄하는 것. 일기의 대단한 점은 아무래도 여기에 있는 것 같아요. 하루치는 시시하지만 1년이 되면 귀해지는 것.

할아버지들 역시 처음엔 대수롭지 않게 여겼을지도 모릅니다. 이건 별 이야깃거리도 안 된다고, 그냥 내가 보낸 하루를 짤막하게 적어두는 것뿐이라고. 사실이기도 했고요. 하지만 그 위로 시간이 쌓인 겁니다. 누구에게나 공평하게 주어지며, 누군가는 적어서 남겨두고 누군가는 흘려보내는 바로 그 시간요. 시간이 쌓인 기록은 사실 그게 무엇이든 귀해질 수밖에 없습니다.

삶이란 건 원래 한 사람에게만 일어나는 이야기니까요.

매일이 나의 역사입니다. 해가 뜨면 새롭게 시작되고, 자정이 되면 사라져버리는 '오늘'이라는 시간. 어쩌면 할아버지들은 삶의 비밀을 일찍이 알아챘는지도 모르겠습니다. 우리가 삶으로부터 받는 가장 큰 선물은 '시간'일 수 있다는 사실을 말이에요.

오늘 어떤 하루를 보내셨나요? 누구를 만나 어떤 대화를 나누었나요?
어떤 풍경을 오래 바라보았고, 어떤 생각에 잠시 빠져 있었나요?
오늘 하루의 인상을 몇 줄로 남겨둔다면 그건 어떤 문장들이 될까요?

어쩌면 일기야말로 오늘의 내가 미래의 나에게 부치는 엽서 같은 것일지도 모르겠습니다. 그때의 나는 이런 일로 웃었고, 이런 것을 먹었고, 이런 사람을 만나 이런 길을 걸었다고 미래의 나에게 알려주는 일입니다. 오늘의 내가 무사히 하루를 살아냈으니, 미래의 나도 부디 괜찮기를 바란다고 안부를 묻는 일이기도 합니다.

살면서 두 번 반복되지 않을 오늘을 몇 줄의 기록으로 남겨보세요. 나는 오늘을 어떻게 기억하게 될까요?

＊ 기록 연습 ＊

오늘은 며칠인가요? 연월일을 적어보세요. 내 삶에서 단 하루뿐인 날짜 아래에, 오늘 있었던 일들을 기록해보는 겁니다. 누굴 만났고, 무얼 먹었고, 어떤 길을 걸었는지 적는 것으로도 충분합니다. 이런 기록이 1년, 5년, 10년 모인다면 그것은 곧 나의 1년, 5년, 10년의 역사가 되겠죠. 하루는 평범하지만, 쌓이면 특별해진다는 것. 모든 일기에 통하는 법칙입니다.

* **예를 들면** *

김홍섭 할아버지가 64년간 써온 일기장.

해진 표지가 지난 세월을 말해줍니다.

ⓒ울산박물관

당신의 오늘은 잘 기억되고 있나요.

#5년다이어리

저와 일기는 오래도록 친해지지 못하는 사이였습니다. 어린 시절엔 방학이 끝나갈 적마다 울면서 일기를 써내려가곤 했어요. 한 달 치 일기가 밀려 있었으니 개학을 앞두면 눈앞이 캄캄해졌죠. 한 치 앞도 모르고 뛰어놀았던 과거의 나를 원망하며 마루에 엎드려 종일 밀린 일기를 썼습니다. 날씨는 대충 '맑음, 흐림, 비'에 번갈아가며 동그라미를 쳤고 그 계절에 일어날 법한 일을 어떻게든 적어넣었던 기억이 나네요.

시간이 지나 더 이상 일기 검사를 맡지 않아도 되는 나이가 되었을 때는 할 게 많은 어른이 된 뒤였습니다. 앞날도 걱정해야 하고, 친구도 만나야 하고, 여행도 가야 하고, 돈도 벌어야 하고… 일기장 앞에 앉는 것은 늘 후순위일 수밖에 없었지요. 그런 나날들 속에서도 잠이 오지 않는 어느 밤, 드문드문 적어둔 일기를 들춰볼 때면 그때 내가 이런 생각을 했구나, 이런 일들이 있었구나 싶어 과거의 나에게 놀러간 듯한 기분이 들곤 했습니다. 마치 타인의 일기를 훔쳐

보는 것처럼 내가 했던 말이나 생각이 낯설기도 했고요. 그럴 때마다 아, 이럴 줄 알았으면 좀 더 자주 적어둘걸, 생각했습니다. 3년 전의 날씨를, 2년 전의 대화를 기억하지 못하듯 지금이 '지금'이어서 붙잡아둘 수 있는 이야기들이 있는데 어째서 매번 시간을 흘려버리고 마는 건지. 기록해두었다면 기억할 수 있을 텐데 말이에요.

그러던 어느 날, 미루기 대장인 저를 '매일 일기 쓰는 사람'으로 만들어준 다이어리가 나타났습니다. 어느 연말, 늘 그랬듯이 내년에는 다르게 살 수 있으리라는 희망에 부풀어 새로운 다이어리를 물색하고 있을 때였어요. 표지에 'ONE LINE A DAY'라고 쓰인 민트색 다이어리를 우연히 발견했습니다. 하루 한 줄? 그거라면 있으나 마나 한 의지를 지닌 저도 어쩐지 할 수 있을 것 같았어요. 제목 아래 적힌 문구는 'A FIVE-YEAR MEMORY BOOK'.

다이어리는 한 페이지에 하루씩, 5년 치에 해당하는 빈칸 다섯 개로 구성되어 있었습니다. 맨 위에 날짜가 쓰여 있고, 그 아래로 '20_ _' 하고 뒷부분이 비어 있어 연도를 쓴 후, 그날의 일기를 쓰는 방식이었어요. 그러니까 올해 1월 1일부터 한 장씩 넘겨가며 12월 31일까지 일기를 쓴 후, 다시 앞으로 돌아와 지난해 1월 1일에 쓴 일기 바로 아래에 새 일기를 쓸 수 있는 구조였습니다. 같은 날짜의 5년을 기록할 수 있다니. 시간이 차곡차곡 쌓이면 일기를 쓰려고 페이지를 열 때마다 작년 오늘, 재작년 오늘 무슨 일이 있었는지 알 수 있겠죠. 정확히 그 포인트에서 저는 이 다이어리에 치이고 말았습니다. 이거다! 하는 마음으로 장바구니에 담았죠.

이전에 마음이 내킬 때만 드문드문 쓰던 일기와 이 일기의 가장 다른 점은, 매일매일을 짧게나마 기록해두게 되었다는 것입니다. 물론 '쓸 만한 것이 없다'고 여겼던 날도 있었습니다. 출근과 퇴근으로만 이뤄진 하루를 보냈을 때 그랬죠. 하지만 그런 날 밤에도 일기장 앞에 앉으면 말을 고르게 되었어요. 내가 보낸, 심지어 아직 끝나지 않은 하루를 두고, 오늘은 정말 별 볼 일 없는 하루였다, 아무 날도 아니었다, 그렇게 쓰고 싶지는 않았기 때문이에요. 그럼 오늘 내가 걸은 걸음과 내가 한 말들과 내가 본 풍경은 뭐가 되는 걸까요. 시간을 어째서 그리도 쉽게 지워버리고 마는 걸까요.

그래서 아침부터 저녁까지의 시간을 곰곰이 되짚어보며 적어두고 싶은 것들을 골라냈습니다. 점심때 뭘 먹었지? 누구의 무슨 말에 웃었더라? 재생이 끝난 하루를 가만히 '다시 보기' 하는 마음으로요. 그건 '아무 일도 없었던 하루였어'에서 '오늘은 이런 기억할 만한 일이 있었네'로 넘어가는 순간이기도 했습니다. 그리하여 지금은 매일 밤 작년 오늘, 재작년 오늘을 돌아보는 즐거움으로 일기를 쓸 수 있게 되었습니다. 이렇게요.

2018년 4월 4일.

회사 점심시간에 고장난 필름 카메라를 세운상가에 맡기고, 모처럼 맑은 공기가 아까워서 종묘를 산책했다. 퇴근길엔 세운 옥상에 들러 수리를 마친 카메라로 해 지는 풍경을 찍었다. 이제야 와 본 게 억울할 정도로 내려다보는 풍경이 근사했다. 여름이 오기 전에 또 가야지.

2019년 4월 4일.

봄 날씨라고 설레발치면서 청재킷 입고 나갔다가 하루 종일 떨었다. 감기 기운이 오슬오슬 돈다. 봄에는 성급하게 기분을 내선 곤란하다는 교훈을 얻은 날.

2020년 4월 4일.

어제 즐거움을 가불하며 마신 탓에 종일 숙취에 시달렸다. 끙끙대며 마감을 했다. 글을 쓰다 말고 고개를 들면, 창밖으로 하염없이 벚꽃 잎이 날아오르는 게 보였다. 하루에 몇 번씩이나 감탄하게 되는 날들. 이 집으로 이사 오길 잘했다고 다시 한번 생각했다.

같은 날짜에 적힌 매년 다른 추억들. 지금은 단골이 된 맥줏집에 언제 처음 갔는지, 지금 사는 이 집을 보러 온 날 날씨가 어땠는지, 우스꽝스럽게 머리를 잘랐던 날 어떤 놀림을 받았는지 일기장은 다 기억하고 있습니다. 어느 밤엔 반가워서 친구에게 메시지를 보내기도 합니다. 작년 오늘 뭐 했는지 알아? 이 집에 네가 처음 놀러 왔었어. 남편 '강'의 어깨도 종종 두드립니다. 우리 작년 오늘 무주에 있었네! 올해 다시 가볼까? 그러면서 알게 되었어요.

지금까지의 내게 지나버린 1년이란, 그저 '작년'이란 이름으로 불리는 한 덩어리의 시간에 불과했다. 하지만 기록해둔 1년 속에서는 하루하루의 날들이 낱알처럼 살아 있었다. 일기를 쓰기 전의 내가 그걸 몰랐던 사람이라고는 할 수 없으나, 구체적인 기록으로 남은 일기장 속의 매일은 밤마다 내게 그것을 증명하듯 보여주었다. 오늘은 어제와 다르다는 걸. 같은 계절, 같은 날짜이지만 오늘은 분명 작년 오늘과도 다르다는 걸.

– 김신지, 『평일도 인생이니까』

이 일기장에 같은 일기는 한 줄도 없습니다. 그건 모든 날이 달랐다는 뜻이에요. 5년 다이어리는 매일 밤 지친 채 책상 앞에 앉은 저를 작년 오늘로, 재작년 오늘로 데려가면서 말해주었습니다. 매일이 하루치의 인생이라고. 오늘을 잘못 쓴 메모처럼 아무렇게나 구겨 휴지통에 버리지 말고, 잠들기 전 5분 만이라도 시간의 틈새를 펼쳐 들여다보라고. 평범한 일상이 평범하게 유지되기까지 내가 어떻게 애쓰고 있는지, 그런 나 자신이 얼마나 대견한 건지, 똑같다고 여긴 하루하루 속에 얼마나 다채로운 기쁨과 슬픔이 숨어 있는지….

작년 오늘 무얼 했는지 기억하시나요? 재작년 오늘은요? '어제 일도 기억이 안 난다'는 말을 입에 달고 사는 마당에 무슨 얘길 하는 거냐고요? 그러니까요. 시간이 흐르면 필연적으로 잊어버리고 말 하루를 기억하게 해주어서, 하루가 모여 인생이 된다는 걸 눈앞에 보여주어서, 저는 5년 다이어리를 아끼는 사람이 되었습니다.

매일을 기록해두고 싶다, 하는 마음만 오랫동안 품어온 분들에게 이 다이어리를 권합니다. 제가 쓰는 방식처럼 그날그날 일어난 일을 담담히 기록해두는 것만으로도 좋아요. 하루를 기억하고 싶은 사람에겐 정직한 기록이면 충분하니까요. 일기 쓰기야말로 늦었다고 생각할 때가 가장 이르게 시작할 수 있는 날입니다. 어제를 되돌려 살 수는 없으니, 그저 오늘부터 기록해나가면 돼요.

＊ 기록 연습 ＊

휴대폰을 열어 작년 이맘때 찍은 사진을 찾아보세요. 어떤 순간이 었는지 기억나시나요? 5년 다이어리는 바로 이런 방식으로 작년 오늘, 재작년 오늘을 기억하게 해줍니다. 이제 무엇을 해야 할까요? 다이어리를 사야죠. 우리는 연장을 탓하는 목수들이기 때문에 매일 밤 기분 좋게 펼치고 싶어질 일기장이 필요합니다.

* **예를 들면** *

제가 쓰는 다이어리는 인터넷 서점에서 'ONE LINE A DAY'라고 검색하면 찾을 수 있습니다. 5년이 좀 길게 느껴진다면, 3년 다이어리부터 시작해보셔도 좋아요.

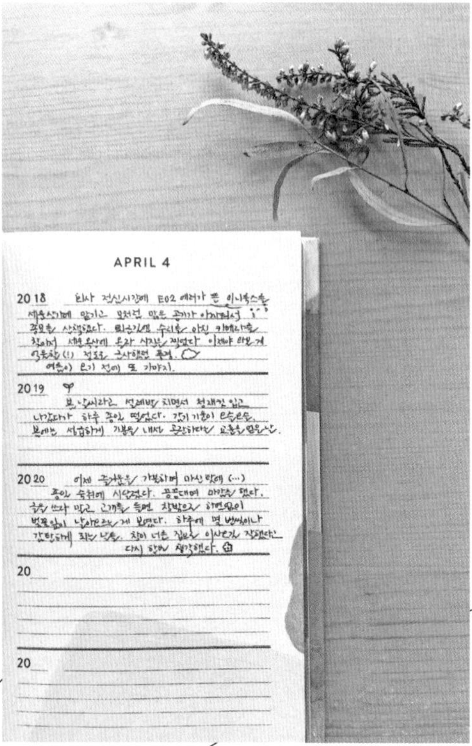

앞서 언급한 4월 4일의 일기는
이렇게 기록되어 있습니다.

매일 쓰는 사람이 되기 위한 팁.

#습관만들기

매일 쓰기의 함정은 매일 써야 한다는 데 있습니다.(이런!) 아무리 사소한 것이라도 매일 꾸준히 하는 습관을 들이기란 얼마나 어렵던가요. 만들려다 실패한 습관의 목록만으로도 이 페이지를 다 채울 수 있을 것 같은데 말이죠. 5년 다이어리 쓰기는 이런 제가 놀랍게도 매일 꾸준히 하는 일입니다. 제 경우 꾸준함을 책으로 배웠는데요. 목마른 사람이 우물을 파듯 한동안 습관 만들기에 대한 실용서를 탐독했습니다. '습관'에 대해 쓰인 책들은 대부분 비슷한 말을 합니다. 습관을 만드는 규칙은 생각보다 간단하다고요. 다음의 세 가지 팁을 적용해보면 매일 쓰는 일이 조금은 덜 어렵게 느껴질 거예요.

첫째, 목표는 가능한 한 작게 만들기

이를테면 '책 많이 읽기'라는 막연한 목표 대신 '매일 두 페이지씩 읽기'라는 구체적 목표를 정하는 거죠. 측정 가능하고 달성하기도 쉬우니까요. '마음 굳게 먹고 내일부터'가 아니라 '지금이라도 당장' 실천할 수 있을 정도로 목표를 조그맣게 쪼개는 일이 중요합니다. 에이, 그래도 이건 너무 작은데? 싶어지더라도 함부로 자신을 과대평가하지 말기로 해요. 우리 의지는 나약합니다.(단호) 의지력에 근육이 붙지 않았는데 힘든 목표를 향해 단번에 뛰어갈 수는 없는 일이니까요.

이 규칙을 일기 쓰기에 적용해볼까요? 제대로 된 일기를 써야 한다는 부담을 버리고, 목표를 아주 작게 잡아보세요. '매일 일기 쓰기'라는 목표를 더 잘게 쪼갠다면 '하루 한 줄씩 일기 쓰기'가 되겠죠. 5년 다이어리는 'ONE LINE A DAY'라고 말해놓고선 막상 속을 펼치면 하루가 여섯 줄로 이뤄져 있는데요.(약간의 배신감…) 꼭 빈 줄을 다 채울 필요는 없으니 오늘 하루를 요약한다는 생각으로 짧게 기록해보세요. '아침에 산책, 점심때 치과, 저녁에 동네 카페에서 J를 만나 여행 계획을 세웠다' 하는 식으로요. 가장 쉽게 일정부터 적어나가다 보면 점차 내가 남기고 싶어하는 기록의 종류가 무엇인지 보일 겁니다.

둘째, 그 행동을 더 쉽게 할 수 있는 환경 만들기

'물 많이 마시기'가 목표라면, 물병과 물컵을 집 안에서 내가 가장 오래 머무는 곳, 손이 쉽게 닿는 곳에 부러 놓아두는 거죠. 저는 이 규칙에 따라 집에서 가장 자주 머무는 거실의 테이블에 5년 다이어리를 올려두었습니다. 그리고 '오늘치 일기는 쓰고 그거 하니…?'라는 희번덕거리는(!) 문구를 노란 포스트잇에 써서 붙여두었어요. 무심코 TV를 켜거나 맥주 한 잔을 들고 테이블 앞에 앉을 때마다 그 문구와 눈이 마주치면 '아, 아니 아직…' 하는 마음이 되어서 일기장을 펼칠 수밖에 없었습니다.

셋째, 신호와 보상 만들기

아시다시피 습관 만들기의 기본 원칙입니다. 어떤 행동을 하는 '시작 신호'를 만드는 것, 그리고 그 행동을 했을 때 나에게 좋은 보상을 주는 것. 시작 신호는 '매일 밤 11시에 일기를 쓰겠다'처럼 시간으로 정할 수도 있고, '샤워하고 난 뒤에 쓰겠다'처럼 특정한 행동으로 정할 수도 있어요. 저는 '자기 전'이라는 시작 신호를 생각했고(그럼 침대로 가기 전에 오늘 일기는 썼던가? 늘 점검하게 되었어요), 보상은 사실 일기를 썼다는 사실 자체에 있었습니다. 하루 한 줄만 쓰기라는 목표는 워낙 작았기 때문에 웬만하면 '오늘도 성공!'이라는 뿌듯함을 보상으로 얻을 수 있었거든요. 쓰려고 앉기까지가 어렵지 막상 쓰기 시작하면 네다섯 줄을 쓰는 날도 있었는데, 그런 날은 특별히 더 뿌듯해할 수 있었습니다. 목표를 넘어서버린 대견한 날이었으니까요. 일기를 쓴 날마다 달력에 ×표시를 해나가거나 루틴 앱을 활용해보는 것도 좋습니다. 성취감이 눈에 보여서 다음 날을 향한 동기 부여가 되거든요.

그러고 나면, 습관의 세계에는 마법의 시간 60일이 기다립니다. 우리 뇌가 새로운 행동에 익숙해지는 데 걸리는 최소한의 시간은 21일(3주면 되네요!), 나아가 그 행동에 거부감을 느끼지 않고 자연스레 실천하게 되기까지는 대략 60일이 걸린다고 해요. '하루 한 줄씩 일기 쓰기'를 두 달만 실천하면 무리 없이 매일 쓰는 습관을 자리잡게 할 수 있다는 말이죠.

저 역시 지금은 일기 쓰기가 훨씬 수월해졌습니다. 가끔 집을 비우고 여행을 떠날 때 5년 다이어리를 못 쓰는 게 아쉬워서 가지고 다닐 정도니까요. 아무리 작은 일이라도 매일 해내면, 일상에 먼지처럼 떠돌던 불안감—내가 지금 잘하고 있는 건가, 이렇게 살아도 되는 걸까 하는—이 점차 사라집니다. 일을 미루거나 해야 할 일로부터 늘 도망치는 사람(네, 접니다)이 평생 느껴온 자책감, 나는 안 될 것 같다는 무력감도 희미해지고요.

무엇보다 스스로의 꾸준함을 비로소 믿을 수 있게 됩니다. 적어도 '하루 한 줄씩 일기 쓰기'를 실천할 만한 꾸준함이 있다면, 다른 것도 비슷하게 해낼 수 있을지 모르니까요. 일기를 쓰기 시작했을 뿐인데 자신을 믿게 된다니, 일기는 아무래도 놀랍습니다.

＊ 기록 연습 ＊

'하루 한 줄씩 일기 쓰기' 정도의 조그만 목표를 잡아보세요. 시작이 어렵다면 나의 하루에 이름(제목)을 붙여주는 것도 좋은 방법입니다. 1년 365일 중에 생일이나 특별한 기념일만 챙기는 게 아니라, 매일매일도 그날의 인상으로 이름 짓고 불러주는 거예요. '○○했던 ○요일'의 방식을 활용해보세요. 매일의 내가 1분씩만 시간을 내면, 먼 미래의 나는 한 번에 이룰 수 없는 긴 시간을 선물로 받게 되니 꽤 괜찮은 거래이지 않나요?

✳ **예를 들면** ✳

저는 아래와 같이 하루에 이름을 붙여보았습니다.

2020.05.20 저녁 산책 중 가장 멀리까지 걸어가본 목요일.
이사 온 후 처음으로 경의선숲길의 끝까지 걸어가보았다. 연남동을 지나 홍제천을 만나면 끝나는 길이었구나. 새로운 길을 알게 될 때마다 마음의 지형이 조금씩 바뀌는 기분.

2020.08.22 테라스에서 비 내리는 걸 보며 맥주를 마셨던 수요일.
테라스에 이러고 앉아 있으면 캠핑 온 거 같다, 라는 말을 꼭 하게 된다. 떠나지 않고도 떠난 기분을 느끼게 해주는 집이어서 좋다.

오늘 내 마음을 스친 것들 기록하기.

#감정일기

하루하루가 그냥 흘러갈 때가 많습니다. 일어나서 허둥지둥 출근 준비를 하고, 회사에서 다른 데 신경쓸 틈 없이 일을 하고, 다시 버스나 지하철에 끼여 퇴근을 하고, 저녁을 해 먹고 나면 저무는 하루. 그러다 보면 생각하기를 자꾸 미루게 됩니다. 더 잘 살 수 있을 것 같은데, 한 사람의 어른으로서 내 일상을 더 잘 꾸려가고 싶은데, 대체 어디서부터 마음을 놓쳐버린 건지 알 수 없어지곤 하지요.

예전에는 이런 마음을 그냥 '나는 원래 기복이 심해'라는 말로 넘겨버리곤 했습니다. 나는 일희일비의 인간이야, 이유 없이 우울해져, 그렇게 말하고 나면 내 삶에서 무언가를 해결하지 못하고 있다는 기분이 좀 가벼워졌고, 스스로를 객관적으로 인정했으니 그걸로 된 것 같았어요. 삶에는 당연히 '일희(一喜)'가 있다면 '일비(一悲)'가 있기 마련인데 매일이 좋기만을 바라는 건 욕심이라고도 생각했습니다. 하지만 중요한 것 하나를 놓쳤더라고요. '일희'를 챙기는 만큼 내가 느끼는 '일비'의 순간, 그 마음 또한 알아채야 나라는 사람을 데리고 잘 살아갈 수 있다는 사실이었습니다. 기쁘고 즐거웠던 마음만 기억하고 그렇지 않은 마음은 덮어버리려 하는 것, 밀어서 뒤로 치워버리는 것, 그것이야말로 반쪽만 사는 삶일 테니까요.

나니까 당연히 나에게 제일 잘해줄 것 같지만, 우리는 생각보다 자신을 돌보지 못하고 삽니다. 마음을 돌보는 데 있어서는 특히 더 그렇지요. 힘들다고 찾아온 친구의 고민은 몇 시간이고 들어주면서 내 고민은 쉽사리 잠으로 덮어버리려 하고, 시간이 지나면 힘든 마음이 '알아서 괜찮아지길' 기다릴 때가 많습니다. 왜 나는 남에게 하는 만큼도 나에게 잘해주지 못하는 걸까? 하고 처음으로 의문을 가졌던 시절, 그제야 시시때때로 범람하던 우울의 이유를 알 수 있었습니다.

20대 내내 그저 '기복'이라 불렀던 마음 상태가 실은 마음을 돌보지 못하는 데서 오는 우울이었다는 것을요. 그때 저는 오래되고 좁은 방의 주인이었습니다. 여러 가지 마음의 문제들을 벽장 안에 밀어넣고선, 더러 손님이 올 때면 아무렇지 않은 듯 웃으며 맞이하곤 했습니다. 남들한테 괜찮아 보여야 할 것 같아서, 때로는 괜찮아 보이고 싶어서. 흔한 취향과 가벼운 농담으로 채운 방에선 그럭저럭 잘 지낼 수 있었습니다. 그런 시간이 오래되니, 마음 안쪽에 엉망인 벽장을 두었다는 사실을 잊은 채로 살기도 했습니다. 벽장 속의 문제들은 언제든 쌓인 무게를 감당하지 못하고 터져 나오리라는 걸 모른 채로요.

그때 저는 마음을 돌보는 데 서툴렀던 게 아니라, 아예 마음을 돌볼 줄 모르는 사람이었습니다. 이제는 그러지 않으려 하고, 그러지 않기 위해 찾은 방법 중 하나가 일기 쓰기입니다. 나라는 사람을 곰곰이 관찰해보니 혼자 있는 시간이 충분치 않을 때, 내리막길을 구르는 돌처럼 바삐 살 때, 가만히 앉아 내 마음에 어떤 것들이 고여 있는지 들여다보지 못할 때 어김없이 우울해진다는 사실을 깨달았거든요. 그렇다면 저에게 있어 마음을 돌본다는 건 대단한 게 아니라 가끔 충분히 혼자인 시간을 보내는 것, 흙탕물이 가라앉듯 하루의 번잡함이 사라지고 난 뒤 마음에 남아 있는 것들이 무엇인지 들여다보는 일이었어요.

5년 다이어리와 별개로 '마음의 일'에 대해 적는 일기장이 있습니다. 일기를 쓸 때 맑고 흐리고 바람 부는 날씨부터 기록하듯이, 내 마음의 날씨 또한 살피고 기록하는 셈이에요. 하루에도 몇 번씩 변하는 날씨처럼, 내 마음에도 순간적으로 생겨난 감정들과 문득 스치고 지나갔던 생각들이 있습니다. 그것을 알아채고 날씨를 묘사하듯 써보는 거지요. 그러다 보면 실없는 웃음으로 넘어가려 한 순간이나 대충 에두르던 감정 속에 생각보다 많은 것이 숨어 있다는 사실을 알게 됩니다. 5년 다이어리처럼 매일 펼치는 것은 아니지만, 이 일기장과 마주 앉는 날은 '나에게 할 말이 있는' 날입니다.

어른은 누구나 낮 동안 적당히 잘 지내야 하는 존재들입니다. 그래서 비로소 일기장 앞에 다다라서야 한숨을 쉬듯 나오는 마음이 있지요. 일기를 쓴다는 것은 내가 나에게 귀 기울인다는 얘기입니다. 낮 동안 적당한 곳에 숨겨두었던 마음을 일기장은 다 들어주니까요. 사회적인 자아가 활동하는 낮 시간에는 거추장스러운 감정 같은 건 밀어두게 됩니다. 당장 눈앞에 처리해야 할 일이 있고, 웃는 낯으로 마주해야 하는 타자들이 있을 때, 마음일랑 감추는 게 유리하니까요 (어쩌면 그것을 '사회생활'이라 부르는지도 모르겠습니다).

반대로 생각해보면, 그 순간 내 마음에 일어난 변화는 나밖에 모르는 거예요. 서운했는지, 화가 났는지, 억울했는지, 서글펐졌는지, 실망스러웠는지, 창피했는지, 그 감정을 알아채야 하는 사람도, 돌봐야 하는 사람도 나밖에 없습니다. 누군가 대신해줄 수 없는 종류의 일이니까요. 하루를 보내는 동안 마음에 일었던 미세한 파동을 눈치채기 위해서는 무얼 하면 좋을까요? 저는 카카오톡 '나와의 채팅' 창에 짧게 메모를 남겨두곤 합니다. 진짜 나에게 거는 대화인 셈이에요. 그리고 며칠에 한 번씩, 일기장 앞에 앉아 그 단서를 다시 펼쳐보고 언어화해봅니다. 이렇게요.

그날 회사에서 들은 말에 왜 날이 섰을까? 일에 대해 말한 건데 그게 마치 이 일을 한 나를 공격한 말처럼 느껴져서였을까? 일과 나를 분리해서 받아들이는 연습이 필요한데, 여전히 일과 나를 동일시하곤 한다. 일은 내가 아니다. 나도 일이 아니고. 일이 잘되었다고 해서 더 나은 내가 되는 것도, 어떤 일이 잘 안 되었다고 해서 더 못난 내가 되는 것도 아니다.

사실 나는 내가 가지지 못한 것을 자연스레 갖추고 있는 사람을 볼 때 반사적으로 질투를 느끼는 사람 같다. 그런데 시기와 질투란 어른스럽지 못하다고 생각하니까 그걸 감추기 위해서 더 좋은 사람인 척하려는 거고. 그 마음을 있는 그대로 받아들이고 표현할 수도 있을 텐데. 당신의 이런 점이 대단해 보인다고 칭찬하거나 어떻게 하면 그렇게 할 수 있어요? 하고 묻거나. 건강하지 못하게 품고 있는 질투심보다 건강하게 표현하는 부러움을 갖고 싶은데.

어떤 상황에서 어떤 기분이 들었는지 짧게 메모해두지 않았다면, 후에 그 감정을 다시 들여다보지 않았다면 그저 '알 수 없는' 불쾌함만이 남아 있었을 거예요. 어쩌면 20대 내내 그런 기분으로 살았던 것만 같습니다. 별로인 나를 데리고 별로인 하루를 보내는 기분이 정말 별로인데, 구체적인 이유는 알 수 없어서 늘 헝클어진 마음으로 걸어 다니는 것 같았어요. 그러니 뒤늦게 시작한 이런 일기 쓰기는 어쩌면 나라는 친구에게 마음을 터놓고 얘기하는 일인지도 모르겠습니다.

치유심리학자 김영아 교수는 『나와 잘 지내는 연습』에서 우리 모두에게 제목 그대로 나와 잘 지내는 연습이 필요하다고 말합니다. 많은 사람이 '남이 나를 어떻게 생각할까' 걱정하며 계속 남과 잘 지내는 방법만 고민할 뿐, 정작 나하고 잘 지내는 방법은 모른 채 살아간다고요. 그걸 제 식대로 옮기자면, 내가 나 자신의 좋은 친구가 되어주는 일 같아요. 드문드문 마음의 날씨를 적어오는 동안 알게 되었습니다.

'나한테는 깊은 이야기를 털어놓을 친구가 없다'라고 말하는 대신, 내가 나에게 그런 친구가 되어주면 된다는 사실을요. 누군가에게 말하다 보면 안 보이던 내 감정이나 문제가 점점 언어를 갖고 선명해질 때가 있지요. 말하는 중에 비로소 깨닫게 되는 마음도 있고요. 일기는 그렇게 내가 말하고 내가 들어주는 대화인 셈입니다.

매일 쓰는 사람이 그렇지 않은 사람에 비해 조금이라도 더 나은 사람이 될 가능성이 있다면, 그건 훗날 돌아볼 기록이 과거를 반성하게 해주어서가 아니라 현재에서 나와 마주 앉는 시간을 꾸준히 보내기 때문일 거예요. 그리고 그 시간은 인생에서 내게 그리 중요하지 않은 것들에 쓸데없이 힘을 빼지 않도록, 반대로 내게 중요한 것들은 지키며 살 수 있도록 도와줄 것입니다. 나라는 사람이, 다른 누구도 아닌 나로서 잘 살아갈 수 있도록 말이에요.

2020년 8월 '리디셀렉트'에 기고한 글 중 일부를 편집하였습니다.

* **기록 연습** *

하루가 좋기만 했을 리 없습니다. 오늘 나를 스친 '별로인 기분'을 곰곰이 떠올려보세요. 왜 그런 기분이 들었을까요? 그건 내가 자주 느끼는 감정인가요? 감정을 뜻하는 수많은 형용사 중 하나로 그 마음을 표현하고, 왜 그렇게 느꼈는지, 그 마음의 밑바닥엔 무엇이 들어 있는지 적어보세요.

⁎ 예를 들면 ⁎

어느 날, 저는 일기장을 펼치고 이런 마음에 대해 적어 내려간 적 있습니다.

강과 대화하다가 타인에게 마음을 잘 열지도, 쓰지도 못 하는 일에 대한 얘기가 나왔다.
"우린 왜 그런 게 잘 안 될까?"
"왜인지 알아? 마음이 가난해서 그래."
며칠 동안 그 말이 맴돌았다. 그동안 내가 느낀 많은 의문이 그 한 마디에 다 설명되는 것만 같아서. 마음이 가난해서 그렇다. 다른 사람을 대할 때 넉넉함이 없고, 시간도 마음도 자꾸 아끼게 되는 것은. 몇백 원 앞에서 망설이다 먹고 싶은 음료를 두고 제일 싼 것을 주문하던 스무 살 적처럼. 그런 사람은 돈을 벌게 된 뒤에도 좀처럼 비싼 음료를 시키지 못하는 것처럼. 여태 쓸 줄 모르던 마음을, 쓰지 못하던 마음을 어느 날 갑자기 잘 쓰게 되진 않는 것이다.

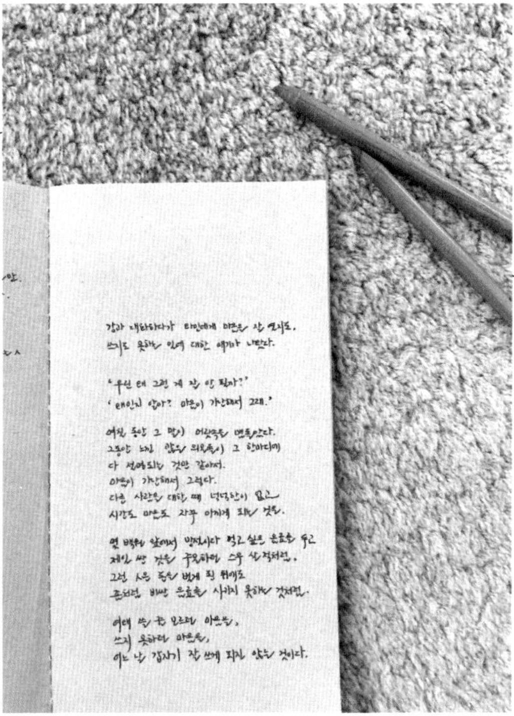
강과 대화하다가 타인에게 마음을 잘 열지도,
쓰지도 못하는 일에 대한 얘기가 나왔다.
"우린 왜 그런 게 잘 안 될까?"
"왜인지 알아? 마음이 가난해서 그래."
여직 동안 그 말이 머릿속을 맴돌았다.
그동안 느껴 왔던 의문들이 그 한마디에
다 설명되는 것만 같아서.
마음이 가난해서 그렇다.
다른 사람을 대할 때 넉넉함이 없고
시간도 마음도 자꾸 아끼게 되는 것은.
몇 백원 앞에서 망설이다 먹고 싶은 음료를 두고
제일 싼 것을 주문하던 스무 살 적처럼.
그런 … 돈을 벌게 된 뒤에도
좀처럼 비싼 음료를 사지 못하는 것처럼.
여태 쓸 줄 모르던 마음들,
쓰지 못하던 마음들,
어느 날 갑자기 잘 쓰게 되진 않는 것이다.

여행지마다
한 권의 노트 쓰기.

#여행일기

지금은 코로나19로 잠시 여행을 멈추게 되었지만, 가깝거나 먼 곳으로 자주 떠나는 친구가 있습니다. 그 친구는 조금 길다 싶은 여행을 떠날 때마다 손바닥만 한 크기의 새 노트를 챙기곤 해요. 표지에 여행의 목적지인 도시명을 적고, 여행지에 머무는 동안 그 노트 한 권을 채우는 거지요. 돌아온 뒤 그 여행은 한 권짜리 노트의 기억으로 남을 것입니다.

그게 뭐 특별한 일인가 싶을 수도 있지만, 일상에서 쓰는 일기와 여행지에서 쓰는 일기를 구분해두면 나중에 내 여행의 기록만 따로 모아볼 수 있다는 장점이 있습니다. 2년 전 치앙마이에서 보낸 날들이 문득 그리워질 때, 여기저기 흩어져 있을 사진이나 흔적을 찾는 것보다 '치앙마이'라고 적힌 여행 노트를 펼치는 게 훨씬 빠를 테고요. 같은 크기의 여행 노트를 반복해서 사용한다면, 나중엔 이 노트들을 쭉 늘어놓고 보는 것만으로 지금껏 내가 떠난 여행지들을 다시 한번 유람하는 기분이 들겠죠?

이왕이면 가볍고, 말아 쥐면 한 손에 잡히는 크기의 노트가 좋겠어요. 매일 몸에 지니고 다닐 수 있다면 여행지에서 좀 더 깊이 보고 촘촘히 기록하는 사람이 될 수 있을 테니까요. 요즘은 대부분 사진을 찍어 여행을 기록하지만, 종이 위에 손으로 직접 무언가를 적고 붙이는 데는 그것만의 즐거움이 있습니다. 취향을 한껏 발휘해 '다꾸(다이어리 꾸미기)'를 하는 심리에는 오늘을 한 페이지의 시각적인 형태로 매듭짓고 바라보는 성취감이 들어 있지 않을까 짐작하는데요. 평소 부지런함이 '다꾸' 장인들에게는 절대 미치지 못하는 저도, 어쩐지 여행지에서라면 조금 달라질 수 있을 것 같아요.

오늘은 이 여행 일기장에 어떤 얘기를 쓸까, 어떤 것을 붙일까, 무엇을 기념품으로 남겨둘까 생각하며 하루를 보낸다면 탐정의 자세로 눈앞의 것들을 관찰하게 될 테니까요. 우연히 들어간 가게에서 마음에 들어 구매한 엽서, 이 나라 기후에서만 볼 수 있는 식물 이파리, 특이한 모양의 티켓, 그림이 그려진 입장권, 숙소에서 만난 친구가 자신의 SNS 계정을 적어준 쪽지(남의 손글씨를 모으는 건 또 얼마나 즐거운 일인지), 내가 하루 동안 사거나 먹은 것들이 찍힌 영수증, 그런 것을 마스킹테이프로 일기장 위에 붙일 상상만 해도 즐겁습니다.

마치 블로그에 '2019 치앙마이'라는 카테고리를 만들어 기록하던 것을 노트 위로 옮기는 셈이죠. 생각해보세요. 내가 20대에, 30대에, 40대에 다녀온 여행지들이 각각의 도시 이름을 단 노트에 쭉 기록되어 있는 모습을요. 이왕이면 나만의 여행책이다 생각하고, 표지에 이 여행을 가리키는 제목을 달아주어도 좋겠어요. '마음이 처음으로 쉬었던 한 달 2019.1.1.~1.31 치앙마이' 이렇게요.

＊ **기록 연습** ＊

이런 마음을 먹은 날, 바로 나가서 같은 크기의 노트 세 권을 샀습니다. 계획 장인으로서 앞으로 (또) 갈 것이 분명한 여행지 세 곳의 이름을 미리 적어넣기까지 했는데요. 다시 떠날 수 있게 될 날을 기다리며 나만의 여행 노트를 한번 골라보세요.

⁎ **예를 들면** ⁎

몰스킨 노트는 조금 비싼 편이지만 튼튼하고 가벼워서 추천합니다. 이왕이면 오랜 시간이 지난 뒤에도 제품이 단종될 가능성이 적은 브랜드의 스테디셀러 노트를 사는 게 좋아요. 계속 같은 크기의 노트에 추억을 쌓아갈 수 있을 테니까요.

매달 나만의 베스트를 가려보기.

#월말결산

매년 12월이 되면 '연말정산' 노트를 적어보는 걸 좋아합니다. '데이오프'라는 곳에서 만든 이 노트에는 지난 한 해를 돌아볼 수 있는 100가지 질문이 랜덤으로 담겨 있어요. 올해 어떤 일을 겪고, 누구를 만나고, 무슨 생각을 했었는지 곰곰이 돌아보며 빈칸을 채울 수 있습니다. 예를 들면 이런 식이에요.

올해 나에게 영감을 준 인물 3명.
봄/여름/가을/겨울의 ______이 제일 좋았다.
올해 ______을 배우기 시작했다.

연말정산이란 건, 우리가 한 해 동안 벌고 쓴 돈에만 필요한 게 아니라 우리가 보낸 시간에도 필요하다는 것. 매년 '아무렴, 그렇고말고' 하는 심정으로 이 노트를 폅니다. 시작은 노트지만 덮을 땐 책으로 끝나는 게 매번 신기해요. 내가 직접 써야만 완성되는 책인 셈이니까요.

그런데 어쩐 일인지 100가지 질문들 앞에서 곰곰한 자세가 될 때마다 11월, 12월에 있었던 일밖에 기억이 안 나지 않겠어요? 아무리 기억을 되짚어본들 까마득한 1월의 일이 생생할 리 없으니까요. 그러니 매년 연말 드라마 대상에서 얼마 전 종영한 드라마에만 상을 몰아주는 것도 이상한 게 아니었던 거죠. 상반기에 무슨 드라마가 히트를 쳤더…라? 에라, 모르겠다 최근의 인기작에게 몰아주자! 하는 식으로요.

또렷한 기억보다 희미한 연필 자국이 낫다는 말이 있습니다. 매번 속으면서 또 나의 기억력에 의지하는 대신, 정직한 기록을 한번 믿어보기로 했습니다. 그래서 적기 시작했어요. 매달 나만의 베스트를 가려보는 '월말결산' 노트를 말이에요.

먼저 손바닥만 한 노트를 준비합니다. (아날로그보다 디지털이 편하다면 노트북이나 아이패드도, 본인이 쓰는 노트 앱도, 그냥 휴대폰 메모장도 좋습니다.) 그리고 한 페이지에 하나씩 '이달의 ○○'을 적어보는 겁니다. 첫 번째 페이지에 '이달의 여행지'라 썼다면, 그 아래에 1월부터 12월까지 월별로 베스트 여행지를 적어넣을 자리를 비워두세요. 다음 페이지에는 이달의 영화, 그다음 페이지에는 이달의 맛집 등 각자의 취향에 따라 얼마든지 리스트를 늘려갈 수 있습니다.

저의 경우엔 위에 언급한 것들을 비롯해 이달의 산책길, 이달의 문장, 이달의 인물, 이달의 소비 등을 채워 넣었습니다. 야심 차게 여행과 숙소를 앞쪽에 배치했는데, 코로나 때문에 이 부분은 거의 비어버렸네요. 대신 집에 머무는 동안 책과 영화를 많이 보아서인지 그 리스트는 넉넉해졌습니다. 이달의 문장에는 한 달 동안 내 마음에 가장 강렬하게 남아 있는 문장을 적고요. 이달의 인물에는 나에게 영향을 끼친 사람 혹은 기억에 남는 사람에 대해 적어요. 이달의 소비에는 '사길 잘했다!' 싶은 잘한 소비를 적어넣습니다.

'이달의 새로움'이란 항목도 추천합니다. 이달에 처음 해본 일이나 생전 처음 먹어본 음식, 처음 만난 사람, 처음 알게 된 사실 등을 적어보는 거죠. 별것 없을 듯하지만, 생각보다 이달 들어 처음으로 경험한 것들이 속속 등장합니다.

이렇게 매달 마지막 날 저녁엔 노트 앞에서 혼자만의 조용한 시상식을 열어보는 거예요. 월말에 몰아서 적기엔 잘 기억나지 않을 것 같다면, 일요일 밤마다 노트를 펼쳐 주간결산을 해보는 것도 좋겠죠. '이주의 ○○'을 정하고 4주 뒤 월말이 되었을 때 그중 가장 좋았던 것에 동그라미를 쳐서 월말결산을 하는 방식으로요.

이런 식으로 페이지마다 1월부터 12월까지 '이달의 ○○'에 해당하는 목록을 쭉 적어둔다면? 12월이 되었을 때, 각 페이지를 들여다보며 한 해의 베스트를 가릴 수 있겠죠. 헝클어진 머릿속을 뒤지거나 1년 치의 사진이 쌓인 휴대폰을 열어볼 필요 없이요. 색연필 한 자루를 쥐고 '이달의 ○○' 중

마침내 '올해의 ○○'으로 등극할 베스트 오브 베스트에 동그라미를 칠 생각을 하면 벌써 손가락이 간지럽습니다. 이미 치열한 월말결산을 거친 승자 중에서 가장 좋았던 것을 꼽게 되니, 이것이야말로 진정한 의미의 연말정산이 아닐까요. 방송사마다 가요대상, 연예대상을 뽑느라 분주할 때 우리는 우리대로 따뜻한 이불 위에 엎드려 나만의 연말대상을 열어보는 거예요.

해마다 한 해가 저무는 모습을 보며 올해는 한 게 아무것도 없다, 아쉽다 말하지만 기록해둔 시간을 가만히 돌아보는 순간 우리는 알게 됩니다. 생각보다 좋았던 일도 많았다는 것을요. 이 순간들을 징검다리처럼 밟으며 한 해의 끝에 무사히 다다랐다는 사실을요.

올해가 끝날 때쯤 내가 꼽은 베스트엔 어떤 것들이 모이게 될까요. 그 생각을 하면 아직 오지 않은 날들, 앞으로 겪게 될 날들이 기다려집니다. 누가 알겠어요, 좋은 일들이 더 많이 생길지. 올해의 끝에 우리가 생각지도 못한 곳에 서 있게 될지.

* **기록 연습** *

집에 있는 노트 중 표지가 마음에 드는 한 권을 골라보세요(※'쓰고 싶어질 만한' 기분이 드는 게 언제나 중요합니다). 그리고 페이지마다 제일 위쪽에 〈이달의 ○○〉을 제목처럼 적어넣습니다. 아래 리스트를 참고해보세요. 이제 매월 마지막 날 저녁을 '월말결산의 날'로 지정합니다. (그래놓고 까먹게 될 테니) 휴대폰 캘린더에 반복 알림 설정을 해두면 더 좋겠죠.

〈이달의 여행지〉

〈이달의 소비〉

〈이달의 음악〉

〈이달의 공연/전시〉

〈이달의 영화〉

〈이달의 책〉

〈이달의 문장〉

〈이달의 인물〉

〈이달의 새로움〉

✳ 예를 들면 ✳

저는 친애하는 김달님 작가의 책 『작별 인사는 아직이에요』를 구매하며 받은 노트를 사용하고 있습니다. 한 손에 잡히는 크기라 가까운 곳에 두고 쓰기 좋아요. 한 페이지에 매달 나만의 베스트를 채워나가는 즐거움이 있습니다.

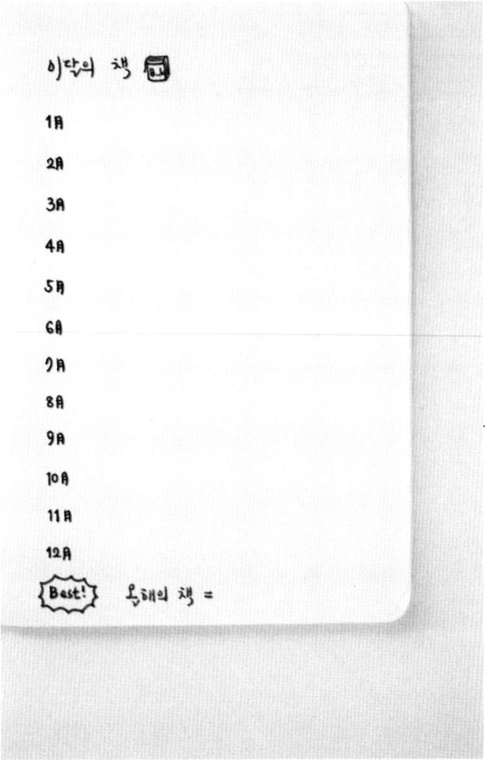
이달의 책
1月
2月
3月
4月
5月
6月
7月
8月
9月
10月
11月
12月
Best!
올해의 책 =

기록하는 법, 두 번째.

순간을 수집하기로

했습니다.

좋은 순간을 하나라도 주웠다면,
오늘도 잘 살아낸 셈이에요.

나쁘지 않았어요.
그것으로 하루치의 피로와
상심이 상쇄되는 것은 아니지만,
좋은 것을 하나라도 찾아낸
하루가 그렇지 못한 하루보다
나을 테니까요.

우리를 지탱해주는 건
결국 삶의 사소한
아름다움들이니까요.

하루에 하나씩만
좋은 순간을 줍기.

#1일1줍

'행복의 ㅎ'이라는 말을 아시나요? 짐작할 수 있다시피 이 표현은 행복이라 부르기엔 어쩐지 조그맣게 여겨지는 사소한 순간을 가리키는 말로 요즘 사람들이 즐겨 쓰는 신조어입니다…라는 것은 제 희망사항이고요. 실은 저 혼자만 쓰는 말입니다.

몇 해 전 순간 수집 에세이 『좋아하는 걸 좋아하는 게 취미』를 펴내며, 책의 부제를 '행복의 ㅎ을 모으는 사람'이라 붙였습니다. 실제로 저에게 '행복의 ㅎ'에 해당하는 순간들만 모은 책이기도 했고, 그런 순간을 줍는 사람으로 계속해서 살고 싶다는 다짐을 담은 부제이기도 했습니다. "넌 언제 행복해?"라고 물으면 말문이 막히지만 "오늘 하루 중에 어떤 순간이 좋았어?"라고 물으면 가만히 답을 고르게 되는 게 좋았어요.

언행일치의 삶을 위해 매일 오늘치의 'ㅎ'으로 꼽을 만한 순간을 찾는 건 저의 오랜 습관 중 하나입니다. 이 순간은 사소해도 됩니다. 아니 사소할수록 좋습니다. 벚꽃이 핀 봄의 골목길, 점심때 먹은 유난히 맛있는 초밥, 퇴근할 때도 환한 여름 저녁의 하늘, 편의점 파라솔 아래 앉아 마신 맥주…. 별다른 일이 일어나지 않은 것 같은 평범한 하루 속에도 늘 이런 순간들이 숨어 있습니다. 잘 산다는 건 다른 게 아니라 결국 좋은 순간들을 잘 기억해두는 일이 아닐까 싶어, 이런 순간을 주워다 5년 다이어리의 한 줄을 할애해 적곤 했습니다.

오늘의 'ㅎ' : 아침 출근길, 산책로에서 바닥에 비치는 동그란 햇빛 그림자를 보는 일이 좋다.

오늘의 'ㅎ' : 날씨가 다 하는 요즘. 아침저녁으로 내가 사랑해 마지않는 초여름 날씨다.

그러다 점차 이렇게 주운 장면들을 좀 더 생생하게 붙잡아두고 싶어졌습니다. 'ㅎ'의 순간들은 꼭 구름 같아 금세 흩어지고 마니까요. 귀여운 돌고래 모양의 구름을 발견하고 옆 사람의 어깨를 두드리며 "저 구름 좀 봐" 하는 사이, 바람에 흐트러지며 구름의 모양이 바뀐 경험 누구에게나 있지 않나요? "어디가 돌고래 같다는 거야?" 하는 사람에게 "아니, 그러니까 저 부분이 머리, 저쯤이 등, 저기가 꼬리였다니까!" 설명한다 해도 돌고래 구름을 되살리기란 어려우므로 우리는 기록이란 걸 해야 합니다. 사진을 찍고 영상을 남기고 몇 줄 감상을 적어두는 거죠.

일명 #1일1줍. '1 day 1 moment'라는 이름을 달고서 인스타그램 부계정에 저만의 '좋은 순간 모음집'을 쌓아가고 있습니다. 피드를 훑어보면 내가 어느 계절에 어떤 순간을 좋아했는지, 언제 조그만 기쁨을 느끼며 웃었는지 선명히 보입니다. 그걸 알고 있다는 건 중요한 일이에요. 한 사람의 어른으로서 자기를 챙기며 산다는 건, 스스로를 조금 더 자주 웃게 해주는 일일 테니까요.

저 역시 '오늘의 ㅎ'을 기록하고 나서야 비로소 알게 된 것들이 있습니다. 봄에서 여름으로 건너가는 계절의 저녁 공기를 내가 얼마나 좋아하는지 알게 되었고, 비 내리는 날 창문을 열어둔 채로 빗소리를 듣는 일을 좋아한다는 걸, 아침 극장의 텅 빈 관객석에 앉아 영화가 시작되길 기다리는 순간을 좋아한다는 것도 알게 되었습니다. 갑자기 좋아진 것도 아니고 예전부터 좋아하던 것들입니다. 하지만 단순히 적어두는 것만으로, 그 순간들은 제 인생에서 좀 더 선명해졌어요.

우리를 지탱해주는 사소한 아름다움들

무엇보다 #1일1좁의 기록은 매일 아침 출근하기 싫어 축 처진 어깨로 현관문을 나서던 저를 '오늘은 무얼 주울까?' 하는 마음으로 살게 해주었습니다. 하루씩만 잘 살아내자고 생각하게 해주었습니다. 남들에게는 보이지 않는 투명한 주머니를 지닌 채 집을 나서는 셈이었지요.

몰아치는 업무, 맛없는 점심, 마이너스를 뜻하는 붉은색

숫자만 적힌 엑셀 파일, 갑자기 무리한 요구를 하는 클라이언트 등이 포진한 직장인의 험난한 하루를 보내면서도 문득문득 그 주머니에 무얼 담을지 생각하게 됩니다. 좋은 순간을 하루에 하나만 줍는다, 하는 마음으로 걸으면 무심히 지나치던 것들을 다시 들여다보게 됩니다. 마치 새로 산 카메라를 들고 문밖을 나선 날, 길바닥부터 남의 집 창문까지 주변의 모든 풍경에서 찍을 것을 찾게 되는 것처럼요.

좋은 순간을 하나라도 주웠다면, 오늘도 잘 살아낸 셈이에요. 나쁘지 않았어요. 그것으로 하루치의 피로와 상심이 상쇄되는 것은 아니지만, 좋은 것을 하나라도 찾아낸 하루가 그렇지 못한 하루보다 나을 테니까요. 우리를 지탱해주는 건 결국 삶의 사소한 아름다움들이니까요.

그런 기록이 일주일이 되고 한 달이 되고 두 달이 되면 어느 순간 깨닫게 됩니다. 내가 '행복의 ㅎ'이라 여기고 모은 것들이 실은 행복이었다는 사실을 말이에요. 바깥을 아무리 헤매도 찾지 못했던 파랑새가 돌아온 집 안에 있었듯이, 알아채야만 보이는 행복이 늘 곁에 있었다고요.

'ㅎ'의 순간을 꾸준히 기록으로 쌓은 후엔 무얼 하면 좋을까요? 바로 그 기록이 가리키고 있는 것, '내가 즐거워지는 순간'을 좀 더 자주 반복하세요. 그것이 일상을 사랑하는 방식입니다. 초여름 저녁에 꼬박꼬박 산책을 나가고, 지난해 가서 좋았던 여행지에 올해 다시 찾아가면서 내가 좋아하는 순간을 나에게 또 만들어주세요. #1일1줍의 선순환인 셈입니다.

그리고 어느 날 문득 우리는 깨닫게 되겠죠. 요즘 어떻게 지내냐는 물음에 “똑같지, 뭐” 하며 입을 다물던 내가, 이전보다 쉽게 행복을 이야기하는 사람이 되어 있다는 사실을요.

* 기록 연습 *

#1일1줍을 위한 인스타그램 부계정을 하나 만들어보세요. 혹은 본계정에 해시태그만 붙여서 올려도 좋습니다. 최근에 찍은 사진 중 '행복의 ㅎ'이라 부를 만한 순간을 골라 올리면 준비 끝. 인스타그램에 매일 기록하기가 어렵다면 주말마다 휴대폰에 담긴 일주일치 사진을 훑어보며 블로그에 '이주의 ㅎ' 일기를 써도 되고요. 어떤 방식이든 좋으니, 내일부터는 "하루에 한 순간만 줍는다!" 생각하고 집밖으로 나서보세요.

✳ **예를 들면** ✳

저의 #1일1줍 인스타그램 계정입니다. 남을 의식하지 않고 아끼는 순간, 솔직한 마음을 올리고 싶어 비공개로 운영하고 있어요.

나무가 우거진 출근길을 걷는 기쁨

낮맥이야말로 행복의 ㅎ

댕댕이를 만나는 순간은 언제나 ㅎ!

동글동글 그림자

산책길에서 만나는 낮잠 냥이

주말의 테라스에서 보내는 읽고 쓰는 시간

초여름의 근사한 구름을 목격하는 순간

테라스에서 점점 짙어지다 사라지는 노을을 지켜본 날

나만의 반복되는 역사 기록하기.

#테마별기록

지난주엔 5년 다이어리를 펼쳤다가 활짝 반가워졌습니다. 작년 이맘때, 지금 살고 있는 이 집을 처음 보러 왔더군요. 회사 점심시간을 틈타 공인중개사(명함에 적힌 이름이 '김연수' 씨여서 아직도 기억합니다)와 함께 나무가 우거진 길을 걸었습니다. 가파른 계단을 올라 4층 현관문을 열고 들어서자마자, 커다란 창과 나무가 있는 풍경에 한눈에 반해 (다소 무모하게도) 바로 그날 저녁에 살고 있던 집을 내놓고 구두로 가계약을 했던 이야기가 모두 적혀 있었습니다. 그로부터 1년 뒤, 그때만 해도 남의 물건으로 가득 차 있던 집의 거실에 앉아 내 화분들에 둘러싸여 일기를 쓰고 있자니 새삼 신기한 기분이 들었어요.

그리고 이 집에 오게 된 후로 새로이 하게 된 기록을 떠올렸습니다. 창밖으로 너른 하늘과 푸른 나무가 보이는 '뷰 맛집'에 사는 도리를 다하기 위해 시작한 기록. 바로 매일 아침 거실 창문을 열고 그날의 창밖 풍경을 기록하는 일이에요. 조금씩 달라지는 풍경을 알아챌 수 있도록 같은 구도의 사진을 찍어 인스타그램 부계정에 '#매일아침하늘'이라는 이름으로 쌓아가고 있습니다. 물론 '매일'이라고 이름 붙인 게 무색할 만큼 매일 찍지 못하는 게 가장 큰 함정이지만. 맑거나 흐리거나 비 오는 날들이, 연두에서 초록으로, 초록에서 단풍으로 변하는 나무의 시간들이 마치 물감이 번져나가듯 피드를 채우고 있습니다.

이 무용해 보이는 기록의 목적은 하나뿐입니다. 언젠가 이런 풍경을 바라보며 살았다는 걸 기억하고 싶어서예요. 시간은 많은 것을 빛바래게 할 것이고 10년, 20년이 지나면 지금 이곳에서의 날들은 희미한 추억으로만 남겠죠. 그때 그 집에 살았던 것 참 좋았지, 창밖 풍경이 근사했지, 하고요. 20대 내내 옮겨다닌 숱한 방들, 아무리 좁고 낡았어도 그 방들을 떠난 뒤에 저는 늘 그곳에서 보낸 시절을 그리워하곤 했으니까요. 신림동의 창가에선 주인집 마당의 감나무가 보였던 것, 안암동 3.5층짜리 낡은 방에선 좁은 골목길을 지나는 모든 소리가 흘러들어오곤 했던 것, 기억하고 있습니다.

하지만 그런 기억은 단편적일 뿐이어서, 그 방은 이제 희미한 인상으로만 남아 있어서, 가끔 생각합니다. 왜 어딘가에 살고 있을 땐 정작 방을, 창밖을, 생활을 찍어둘 생각을 하지 못했던 걸까 하고요. 그러니 난생처음 창 너머 근사한 풍경을 갖게 된 이 집에서는 마땅히 기록을 시작해야 했어요. 먼 미래의 내가 좋아하리란 걸 분명히 알아서, 미리 선물을 고르는 마음으로 창밖의 풍경을 기록합니다.

내가 나로 살아서 할 수 있는 유일한 기록들

이 같은 기록은 '나만의 반복되는 역사'를 쌓아가는 일이에요. 아무리 사소한 것이라 해도, 자신의 삶을 기록하는 건 멋진 일일 수밖에 없습니다. 내가 나로 살아서 할 수 있는 기록이자, 나밖에 할 수 없는 기록이니까요. 그래서 종종 비슷한 마음에서 출발해 다른 종류의 기록을 하고 있는 사람들을 발견하면 속으로 반가움의 하이파이브를 합니다.

몇 년 전에는 우연히 흘러든 블로그에서 여행지의 숙소만을 모아둔 기록을 보았어요. 여행의 기록은 흔히 '2015 방콕', '2016 홍콩'이라는 카테고리 안에 모아두던 것이 일반적이던 시절, 그 블로그의 주인은 '체크인'이라는 카테고리를 만들어 그동안 머물렀던 여행지의 숙소들을 기록해두고 있더군요. 105, 702 등의 호수가 적힌 문, 벽에 걸린 액자나 말린 꽃 같은 소품들, 창가에 섰을 때 보이는 풍경…. 그런 것들이 나라마다 도시마다 비슷한 듯 모두 달랐습니다. 근사한 기록이라고 생각했어요. 서너 개의 숙소만 둘러보아도 알 수 있었거든요. 이 기록의 주인은 사진을 들춰볼 때마다 그때 그 시간, 그 방으로 잠시 떠났다 돌아오는 기분이 들 거라는 걸. 생각해보세요. 지금까지 내가 다녀온 그 많은 숙소들이 하나의 기록으로 모여 있다면? 아마도 저화소의 옛날 카메라로 첫 번째 기록을 시작했던 날의 나를 칭찬하고 싶어지지 않을까요. 여러 해 동안 꾸준히 쌓아온 기록이 동력이 되어, 앞으로 묵게 될 내 인생의 모든 숙소를 기록하는 사람이 될지도 모릅니다.

그런가 하면 제 친구 D는 '오늘의 노을'을 꾸준히 모읍니다. 저 역시 노을 지는 풍경을 좋아해서 어디서든 노을을 목격한 날엔 꼬박꼬박 찍어두는데요. 흩어져 있는 사진들을 모아 '#오늘의노을'이라는 해시태그로 혼자만의 노을 아카이빙을 한다면 근사할 거라 생각한 지 오래인데, 실천은 하지 못하고 있습니다. 오늘의 노을 사진과 함께 노을을 본 장소, (있다면) 함께 본 사람, 나누었던 대화 등을 간략히 적어둔다면 좋을 텐데요. 5년 다이어리와 마찬가지로 그 기록이 모여 1년이 되고, 2년이 된다면, 혹여나 운이 좋고 지구력이 좋아 평생이 된다면 저는 무려 '오늘의 노을'에서 '평생의 노을'을 기록한 사람이 될 수 있겠죠.

지난해부터 새롭게 시작한 기록에는 '차박 기록'이 있습니다. 이 기록은 저의 차박 메이트인 남편 강에게 외주를 주었습니다. 차박을 떠날 때 늘 가지고 다니는 캠핑 의자가 어떤 풍경을 배경으로 놓여 있었는지 두 사람만 보는 비공개 계정에 쌓아가는 거예요. 다른 멋진 풍경도 많을 테지만 의자의 뒷모습을 택한 건, 우리 두 사람이 그때 그곳에서 어떤 풍경을 바라보며 나란히 앉아 있었는지 기억해주는 기록이기 때문입니다. 때로 그것은 커다란 버드나무 아래일 때도, 해 지는 바닷가일 때도, 물안개가 피어오르는 새벽의 강가일 때도 있었습니다. 아직은 몇 장 되지 않지만, 이 기록 역시 꾸준히 쌓인다면 두 사람만의 캠핑 역사가 되겠죠. 시간이 지난 뒤 돌아보면 '이럴 때도 있었지' '이때 참 좋았지' 얘기하는 추억이 될 거예요.

좋아서 하는 기록이어야 꾸준할 수 있으므로

또 하나 소개하고 싶은 기록이 있습니다. 제목만으로도 반가워 펼쳐 든 책 『기록의 쓸모』에서 저자 이승희는 '주간음식'이라는 기록을 합니다. "맛있는 음식 앞에서는 늘 즐거운 대화가" 오가게 되니, "가장 편안한 시간에 가까운 사람들이 해주는 말을 적어두고 싶었다"면서요. 재밌는 건 기록의 방식인데요. 그는 음식 사진 위에 상대방의 말을 '영화 자막'처럼 넣었습니다. 실제로 책에 실린 예시 사진들을 보면, 방식을 조금 달리했을 뿐인데 음식 앞에서 나눈 대화들이 마치 영화 대사 같아지는 효과가 있더군요. 무엇보다 이 책은 기록의 쓸모가 무엇이냐는 질문에 이렇게 답합니다.

> 효용성이나 효과보다는 '기록'이라는 결과물 자체가
> 기록의 가장 큰 쓸모가 아닐까 싶습니다.
>
> – 이승희, 『기록의 쓸모』

저 역시 그렇게 생각해요. 우리는 항상 무얼 시작하기 전, 허튼 데 낭비할 시간 같은 건 없다는 듯 이유와 쓸모를 찾지만, 사실 기록의 쓸모란 기록 그 자체에 있는 걸요. 그러니 시작 전엔 알 수가 없습니다. 오로지 기록을 시작한 사람만이, 그리하여 눈앞에 자신만의 기록을 쌓아가는 사람만이 기록의 쓸모는, 또 아름다움은 기록 자체에 있다고 말할 수 있으니까요.

'주간음식' 기록을 보며 오래도록 생각만 하고 있는 또 하나의 후보 기록(제가 이렇게 계획 부자입니다) '맥주일기'가 떠올랐습니다. 맥주 덕후인 저는 '돈을 벌었으니 맛있는 맥주를 마셔본다'에서 '맛있는 맥주를 마시기 위해 돈을 번다!'의 경지(?)에 이르렀는데요. 그런 만큼 누군가를 만날 때면 늘 맥주와 함께일 때가 많습니다(차를 마실 생각은 못 하는 사람…). 맥주 200㎖면 알딸딸해져 애정을 고백하는 절친도 있고, "우리 회사 얘기 그만하자"로 시작해놓고 늘 회사 얘기만 하다 새벽이 되고 마는 동료들도 있고, 새로 만나게 되는 신기한 인연들도 있고, 지금보다 더 가까워지고 싶어 되레 조심하게 되는 사이도 있습니다.

손 흔들고 헤어진 뒤 혼자 집으로 돌아오는 길이면, 늘 기억하고 싶은 말이 마음속에 남곤 했어요. 그럴 때마다 역시 나가길 잘했다고, 누군가를 만나길 잘했다고 생각하기도 했습니다. 혼자라면 닿지 못했을 생각이 있죠. 사람과 사람이 만나야만 생기는 추억도 있고요. 그러니 다시 한번 '맥주일기'에 대한 의지를 다져봅니다. 날짜와 날씨, 마신 맥주, 만난 사람, 만난 장소, 기억하고 싶은 대화나 생각 같은 것을 기록해두는 것이죠. 제 인생에는 오로지 맥주만이 가능하게 한 인연과 추억들이 있으니, 그것이 하나의 기록이 된다면 더없이 귀할 거예요. (물론 누군가는 하다 하다 맥주 기록까지 한다고 하겠지만요.)

'나만의 반복되는 역사'를 쌓아보세요. 그리 어렵지 않습니다. 기록의 시작은 '적을 것'과 '적을 곳'을 분명히 하는 데 있거든요. '적을 것'은 나만의 테마를 찾는 일입니다. 내가 좋아해서 자주 하는 행동이 있는지(제 경우 맥주 마시기, 한강 가기, 차박 떠나기, 동네 산책 등이 있습니다), 혹은 나도 모르게 자주 찍고 있는 특정한 풍경이 있는지(저는 동네 골목길에 누군가 키우고 있는 화분을 자주 찍어요), 매일 빠짐없이 반복하는 일과가 있는지(요가일기, 수영일기, 점심일기 같은 기록이 될 수 있겠죠) 가만히 살펴보세요. 좋아서 하는 기록이어야 꾸준할 수 있으므로 '이런 기록이 쌓인다면 정말 좋을 거 같아' 하는 마음에 드는 소재를 찾아보세요. '적을 것'을 정했다면 다음은 '적을 곳'을 생각해봅니다. 노트가 좋을지, 사진을 찍거나 그림을 그려 인스타그램 부계정에 올리는 편이 적합할지, 영상을 찍는 것이 나을지에 따라 '기록할 장소'가 정해지겠죠. 그럼 모든 준비는 끝난 셈입니다.

앞서 예로 든 여러 기록을 지나오면서 속으로 '에이, 그건 그 사람이니까 가능했겠지' 하는 생각이 잠깐이라도 들었다면, 나 같은 사람은 도저히 꾸준할 수 없을 것 같다는 생각이 든다면 기억하세요. 그들에게도 이 기록을 시작한 첫 번째 날이 있었다는 걸. 자신을 반은 믿고, 반은 믿지 못한 채로 첫 번째 기록을 시작했던 날 말이에요.

우리의 매일도 언제든 첫 번째 날이 될 수 있습니다. 나를 반은 믿고 반은 믿지 못하는 마음으로 '나만의 역사'가 될 기록을 시작해보면 어떨까요.

* **기록 연습** *

내가 꾸준히 남겨보고 싶은 기록의 '테마'에는 어떤 것들이 있는지 이곳에 적어보세요.

⁎ 예를 들면 ⁎

비공개 부계정에 올린 #매일아침하늘 일부입니다. 아침에 일어나자마자 거실 창문을 열고 그날의 창밖 풍경을 '하늘 2 : 나무 1'의 비율로 기록하고 있어요. 매일 다른 하늘의 표정을, 벚나무에 번지는 계절의 변화를 지켜볼 수 있어 좋아요.

같은 장소에서 찍은 사계절 모아보기.

#계절기록

지난해 여름, 무모한 이사를 감행한 후 몸살과 풍경을 동시에 얻었습니다. 그리고 여름이 가는 내내 자주 기뻤어요. 침대에 누워 있을 때도, 거실에 앉아 책을 읽다가도, 청소기를 돌리다가도, 문득 고개를 들면 푸르른 나무들을 볼 수 있었으니까요.

여름이 끝나갈 무렵의 어느 아침이었습니다. 눈을 떠보니 창밖의 풍경이 미세하게 바뀌어 있었어요. 무슨 일이지? 한참을 바라보다 깨달았습니다. 가지 끝부터 서서히 단풍이 들기 시작했다는 것을요. 장마 뒤 더욱 짙푸르게 변했던 나무의 정수리에 붉게 물든 이파리 몇 장이 보였습니다. 올해 처음 보는 단풍일 테지요. 한동안 서랍 속에 넣어두었던 필름 카메라를 꺼냈습니다. 기록해야 할 게 무엇인지, 그런 순간엔 분명히 알 수 있어요.

이 집에 들어오며 3년짜리 계약서를 썼습니다. 집주인이 지나가는 말로 그 후엔 자신이 이 공간을 사용할 거라 했으니, 계약을 연장할 일도, 그동안 열심히 돈을 모은들 이 집이 제집이 될 일도 (슬프지만) 없을 거예요. 그러니까 제 인생에서 딱 3년 동안만, 지금의 이 풍경과 함께 살 수 있는 셈입니다.

3년이구나.

그렇게 생각하자 새삼 시간이 매일 하루씩 사라지고 있다는 게 실감났습니다. 좋아하게 된 집이었으니 더 그랬을 테죠. 막 이사를 왔던 지난여름엔 '초여름의 나무들이 제일 싱그러운데, 앞으로 이 좋은 계절을 세 번밖에 못 겪겠지' 생각했습니다. 점심을 먹으며 저녁에 뭐 먹을지 생각하는 것처럼 성급한 일이지만, 그럴 수밖에 없었어요. 올해 4월엔 창밖이 벚꽃으로 온통 환했습니다(맞아요, 이사를 결정하게 만든 그 푸른 나무들이 모두 벚나무였습니다!). 코로나 때문에 내내 재택근무를 하던 달이라 창밖의 벚나무가 어떻게 변하는지 계속 지켜볼 수 있었습니다. 벚꽃이 만개했다가 지는 일주일 동안엔, 바람이 불 때마다 꽃잎이 무수히 날아올라 하늘을 덮곤 했습니다. 더러 창문에 날아와 부딪치는 꽃잎들도 있었죠. 그건 정말 처음 겪는 풍경이었습니다. 그러니 기록할 수밖에요. 이런 4월을 앞으로 두 번밖에 못 본다니, 안타까운 마음으로 필름을 펑펑 써댔습니다. 여름엔 나무를 보며 앉아 있고 싶어 주말이면 집에 있는 시간 대부분을 테라스에서 보냈습니다. 가을이 오면 단풍이 빨리 떨어져버릴까 매일 아침 마음을 졸입니다. 겨울에는 언제쯤 함박눈이 펑

펑 내려 빈 나뭇가지 위로 쌓일까 기다리게 되고요.

한 계절의 가장 근사한 하루를 찾는 일

'사계절 기록가'는 '사계절 관찰자'가 됩니다. '한 계절에 한 장씩' 사진을 남기려면, 이번 계절의 가장 근사한 날이 언제일지 풍경을 곰곰이 지켜봐야 하니까요. 봄의 가장 근사한 장면, 여름의 가장 근사한 장면, 가을의 가장 근사한 장면, 겨울의 가장 근사한 장면을 남기는 게 혼자만의 숙제인 셈입니다.

이 집에 와서 그렇게 나무의 사계절을 기록하는 동안, 알게 되었어요. 마음이 천천히 회복되고 있었다는 사실을요. 어느 날 남편 강과 대화하다 문득 깨달았습니다. 지난봄의 마음과 이번 봄의 마음이 낯설 만큼 달라져 있다는 것을요. 금방이라도 바람에 날아갈 듯 펄럭이던 마음에, 누군가 주먹 반만 한 조약돌을 지그시 올려놓은 듯했습니다. 그건 다, 저 나무들 덕분인지도 모르겠어요. 나무 위로 흐르는 시간을 지켜보면서 저는 인생이 드라마틱하게 나아질 거라는 기대 대신, 비슷하지만 조금 다른 하루가 찾아오길 기다리게 되었으니까요. 다음번의 봄이, 여름이, 가을이 오기를 기대하게 되었으니까요. 꽃 피는 봄의 한낮을, 구름이 근사한 여름 저녁을, 단풍이 물든 가을의 아침을 찍어둘 수 있길 바라면서요.

그게 삶을 희망하는 것과 다른 말일까요.

저는 다르지 않다고 믿습니다.

누군가는 물을지도 모르겠습니다.
사계절을 남겨두면 뭐가 좋으냐고요.
기분이 좋습니다. 내게 소중한 것들을 소중히 하며 살고 있다는 생각이 드니까요.
내가 보낸, 앞으로 보낼 시간을 비로소 아끼게 되니까요.

그건 너무 뻔하고 당연한 말 아니냐고요?
하지만 당연하게 살기가 얼마나 힘든지 우리는 이미 잘 알고 있으니까요.

* **기록 연습** *

계절이 흐르는 모습을 기록해두고 싶은 장소를 찾아보세요. 지금 사는 집의 창밖 풍경, 자주 걷는 산책길, 매일 아침 서 있는 버스 정류장, 어디든 좋아요. 참고로 나무(특히 활엽수)가 있는 곳이라면 사계절을 더욱 선명히 기록할 수 있습니다. 그 장소가 지금 지니고 있는, 이번 계절의 표정을 찍어보세요. 그리고 앞으로 계절이 바뀔 때마다 한 장의 사진을 찍는 겁니다.

＊ 예를 들면 ＊

거실 창에서 까치발을 들고 찍은 나무의 사계절입니다. 나무의 변화에 따라 산책로의 사람들이 보였다 안 보였다 하는 풍경이에요. 한 계절의 가장 근사한 장면을 찾았다는 생각으로 이 사진을 찍던 순간, 제 마음이 조리개처럼 활짝 열렸다 닫혔던 걸 기억하고 있어요.

봄

여름

가을

겨울

언젠가 그리워질 공간을 기록하기.

#공간기록

태어나서부터 열아홉의 겨울, 서울로 오기까지 산자락 아래 새 둥지처럼 깃든 집에서 자랐습니다. 작은 시골 마을에서도 외따로 떨어져 있던 집. 지도 앱에서 확대하다 보면, 구불구불 이어지던 길이 산 아래 이르러 더 갈 데가 없어 끊기는 곳. 그곳에 저를 기른 집이 있습니다.

지금 와서 돌아보면 길은 거기서부터 '시작'되어 멀리멀리 뻗어나가는 것일 수도 있는데, 어려서는 늘 길이 '끊기는' 곳에 산다 생각했어요. 세상엔 내가 가보지 못한 무수한 길이 펼쳐져 있는데, 나는 막다른 곳에 붙박여 있다는 느낌. 태어난 곳에 대한 갑갑함과 모르는 세상에 대한 열망이 어린 마음을 키웠습니다. 수능을 치른 후, 뒤도 돌아보지 않고 그 마을을 떠난 건 그만큼 오랫동안 바란 일이었기 때문인지도 모르겠어요.

시골에 산 시간과 서울에 산 시간이 비슷해져가는 나이에 이르러서야, 저는 비로소 그곳을 그리워할 줄 알게 되었습니다. 충분히 그리워할 수 있도록, 그 집이 충분한 추억을 주었다는 사실도요.

강은 저와 시골집에 다니러 갈 때마다 마치 여행을 가는 느낌이라며 좋아합니다. 처음엔 서울 사람이라 시골에 '고향집'이란 게 있는 걸 좋아하는구나 여겼는데, 어느 날 강이 그러더군요. "태어나고 자란 집이 그대로 남아 있는 건 좋은 일"이라고. 강에게는 문득 찾아가 걸어볼 수 있는 옛 동네 같은 건 남아 있지 않아요. 어린 강이 뛰놀았던 언덕배기 집들을 모두 밀어버린 자리에 아파트가 높이 솟았으니까요. 누군가에겐 다시 찾아갈 수 없는 집이, 더 이상 걸어볼 수 없는 골목길이 있습니다. 어쩌면 모두에게 그럴지도요. 우리는 과거라는 다시 찾아갈 수 없는 집을 마음에 품고 사니까요.

나를 키워낸 오랜 집의 기억들

어느 겨울 저녁, 소파에 누워 있는데 엄마 인숙 씨가 시골엔 함박눈이 펑펑 내렸다며 한 장의 사진을 보내왔습니다. 눈이 내리면 사진을 찍어 보내달라고 했던 말을 기억하고 있었나 봐요. 시골집엔 할머니의 말벗(?)이 되어주는 시골 개 '대박이'가 함께 살고 있는데요. 엄마가 보내준 사진 속에는 그해 태어난 대박이와 어린 닭들이 처음 보는 눈에 어리둥절해하며 걷는 모습이 담겨 있었습니다. 낡은 지붕 위로 눈이 소복이 쌓인 옛집을 배경으로요. 이상하죠, 저화질로 도착한 그 사진을 보는 순간 알 수 없는 애틋함이 밀려왔습니다.

19년 동안이나 보고 자랐으니 너무 잘 안다고 생각했던 집의 풍경이 낯설었고, 그제야 내가 자라던 어린 시절과 지금의 모습이 정말 많이 달라져 있구나 싶었습니다. 바깥채 옆으로 소 몇 마리를 키우던 외양간이 무너지고 없고, 여름이면 어린 오빠와 저를 배불리 먹이던 살구나무와 자두나무가 사라졌네요. 대청마루를 없앤 자리에 '샷시' 달린 거실이 생겼고, 대문의 위치도 바뀌었어요. 그 집을 떠날 무렵에도 이미 다 알고 있었던 사실인데, 왜 새삼스레 사진을 보고 실감이 났을까요.

몇 해 전에는 제가 일곱 살이 되던 무렵까지 네 식구가 살았던 바깥채 건물을 밀어냈습니다. 낡다 못해 삭아가던 건물을 밀어내고 마당을 더 넓게 내는 쪽을 택했지요. 좋은 기억도 좋지 않은 기억도, 어쨌든 저의 첫 기억들이 모두 그 방에 있었습니다. 뒷산에서 뛰어놀다 옻나무를 만져서 온몸에 두드러기가 돋은 나를 엄마가 달래주던 것, 그때 친정에 온 막내 고모가 울고 있는 나를 문지방에 선 채로 안아주었던 기억. 도시에서 온 고모의 옷자락에서 나던 장미향 같은 화장품 냄새. 바깥에서 무슨 일인가로 취해서 들어온 아빠가 세숫대야를 마당으로 집어던진 기억(아빠가 잘못했네요), 어른들이 밭일 나간 오후면 강아지 '방울이'를 방으로 데려와 해가 저물도록 같이 놀았던 기억. 일을 마치고 돌아온 엄마가 왜 자꾸 개를 방에 들이느냐고 혼냈던 기억. 그 모든 추억이 담겨 있는 방입니다.

할아버지가 돌아가시고, 오빠와 내가 안채의 방을 쓰게 되고, 무럭무럭 자라 그 집을 떠나고…. 그 후로 한동안 참기름이나 고구마 같은 것을 보관해두는 창고로 쓰이던 그 방이 없어지고 나서야, 문득 깨달았습니다. 사진이 전혀 남아 있지 않다는 사실을요. 그렇게 많은 추억을 쌓으면서도, 어째서 사진 한 장 찍어둘 생각조차 못 했을까요? 그건 너무 당연히 여기던 '집'이었기 때문일까요?

더 늦기 전에 저를 키워낸 이 집의 모습을 담아두고 싶어졌습니다. 방을 현대식으로 덧대는 동안 집의 구조가 어떻게 달라졌는지, 동네에 돌던 유행에 따라 지붕의 색깔이 어떻게 변해왔으며, 어떤 나무가 있다가 사라졌고 없다가 새로 생겼는지.

그래서 요즘은 시골집에 갈 때마다 집의 풍경을 찍어두고 있어요. 야트막한 길에 올라섰을 때부터 보이는 집의 전경, 뒷산에서 내려다본 집의 뒤통수, 담벼락에 여전히 기대어 선 아궁이 같은 것들을요.

이 집의 영혼이라 할 수 있는 마당도 찍어둡니다. 마당이라기보다 꽃밭이라고 부르는 게 어울릴 정도로 계절마다 다른 꽃들이 피는 곳. 기억을 갖게 된 아주 어린 시절부터, 마당엔 늘 꽃이 피어 있습니다. 꽃 가꾸기를 좋아하는 할머니 덕분이에요. 할머니는 이 마당 한가운데 불두화나무를 아주 근사하게 키웠고, 작약과 모란으로 집을 환히 밝히기도 했으며, 새로운 꽃이 피면 늘 "나와서 이 꽃 좀 봐라"라고 말씀

하시곤 했지요. 저는 이름을 알 수 없는 꽃들 사이를 누비며 간혹 뛰다 넘어져 할머니가 아끼는 식물의 꽃대를 부러뜨리고는 혼날까 봐 무서워 미리 큰 소리로 엉엉 울곤 했습니다.

하지만 사진은 별로 남아 있지 않아요. 기억 속엔 훨씬 많은 꽃이 피어 있는데, 남아 있는 사진은 일곱 살 무렵의 두어 장뿐. 몇 해 전부터 조금씩 치매를 앓기 시작한 할머니는 이제 꽃을 돌보는 일도 종종 잊곤 하는데, 그럼에도 그 집의 마당은 여전히 환합니다. 부분부분 지워져가는 할머니의 기억을 대신하기라도 하듯, 이미 흙 속에 뿌리내린 꽃들은 계절을 잊지 않고 다시 피어나거든요.

그러니 저도 꽃들처럼 기억해두고 싶어요.
이 마당에 계절이 어떻게 흐르는지.
나를 키워낸 오랜 집이 어떻게 늙어가는지.

언젠가 울게 되는 날이 오더라도, 아주 슬퍼지지는 않도록.
충분히 그리워할 수 있을 만큼, 충분한 추억을 준 집이니까요.

*** 기록 연습 ***

지금 사는 이 집에서 언제까지 살게 될까요? 부모님 집이나 할머니 집은 언제까지 그곳에 있을까요? 내가 다니는 학교나 회사는 변하지 않을까요? 영영 머물 수 있는 게 아니라면, 그곳이 어디든 떠난 뒤에 그리워할 풍경이 될 것입니다. 그러니 내게 의미 있는 장소의 지금을 기록해보세요.

✻ **예를 들면** ✻

지난여름, 유래 없던 긴 장마가 이어지는 동안 흙으로 지어진 시골집은 조금씩 무너져 내리기 시작했고, 결국 집을 완전히 부수고 다시 짓게 되었습니다. 사진을 찍어둘 때만 해도 짐작조차 하지 못했던 일이었어요. 기록하는 일이 얼마나 중요한지 다시 한 번 깨달았습니다. 변치 않으리라 쉽게 믿지 말고, 소중하다면 늘 '지금'을 남겨두어야 한다고요. 그래도 이 사진들이 남아 다행이에요.

마지막 사진으로 남은 지난여름 옛집의 풍경

마당 한구석에 놓인 할머니의 꽃밭 침대

지난봄 할머니, 대박이와 마당에서 찍은 사진

내게 닿은 좋은 말들을 적어두기.

#좋은말수집

돌이켜보면 사람들 앞에서 고장난 형광등처럼 떨어대고, 나 자신을 어떤 식으로 아껴야 할지 몰라 남의 눈치부터 보던 지난날의 나를 키운 건 좋은 말들이었습니다. 정확히는 그 말을 믿고 싶어지던 순간이 나를 키웠다고 해야겠죠.

누군가가 나를 실제의 나보다 좋게 말하면, 정말 그런 사람이 되고 싶어졌기 때문이에요. 나는 보잘것없는 내 안을 다 알고 있는데, 누군가 거기서 꽃이라도 발견한 것처럼 말해주면 그 꽃이 정말 거기 있는 것만 같았고 그 꽃을 잘 가꾸고 싶어졌습니다.

(…) 그러니 여러분에게 닿은 좋은 말을 믿으세요. 사정도 모른 채 쉽게 하는 충고는 잊고, 상처 되는 말은 접어두고, 듣는 순간 여러분을 조금쯤 쑥스러워지게 했던 그 좋은 말들을 딛고 앞으로 나아가세요. 내 안에 아무것도 없다고 여기지 말고, 무엇이 될지 모를 씨앗이 있다고 믿으면서요.

몇 해 전, 이런 글을 쓴 적 있습니다. 지금 다니는 회사에서 학생 기자들을 뽑는 면접 자리가 잦을 무렵이었어요. 면접이 끝나고 나면 학생들은 무언가에 실패한, 아니 자신에게 실망한 듯한 얼굴로 돌아가곤 했습니다. 그러지 않아도 된다고, 면접의 당락으로 자신의 가치를 저울질하지 않아도 된다고 말하고 싶었던 것이 쓰다 보니 한 편의 글이 되었던 기억이 납니다. 어떤 글은 쓰고 난 뒤 깨닫기도 합니다. 그랬구나. 나는 이런 말을 하고 싶었구나. 며칠 동안 만난 면접자들의 얼굴을 떠올리며 썼다고 생각했는데, 다 쓰고 보니 그건 사실 20대가 지난 뒤에도 여전히 '좋은 말'을 필요로 하고 있던 저에게 하고 싶었던 이야기이기도 했어요.

그 뒤로 제가 들은 좋은 말들을 기록해두어야겠다고 생각했습니다. 말은 생각보다 쉽게 잊히니까요. 나중에 들춰보면 내가 그때 이런 말을 들었구나, 누군가 건넨 이 말을 징검다리처럼 딛고서 한 시절을 건넜구나, 알 수 있는 기록이 있으면 좋겠다고 생각했어요. 마음이 힘든 날 열어보는 것만으로 차츰차츰 기운이 차오르게 하는 비밀 노트가 될 수도 있을 테니까요.

적어둘 말들이 꼭 대단한 것일 필요도 없고, 백 퍼센트의 진심이 담긴 말이 아니어도 좋습니다. 떠올려보세요. 생각해보면 우린 이미 많은 말에 기대어 여기까지 왔습니다. 평소에 좀처럼 감정 표현을 않던 친구가 생일에 드물게 써준 편지를 읽을 때, 누군가로부터 뜻밖의 칭찬을 들었을 때, 여행지에서 만난 낯선 사람들이 나를 좋은 사람으로 여기며 환대할 때, 모르는 이가 댓글로 응원을 남겼을 때. 쑥스러우면서도 마음이 환해지고 마는 건 그래서입니다. 그 말들을 딛고 앞으로 나아가려 하기 때문이죠. 나도 믿지 못하는 내 미래를 믿어주던 말, 나도 모르던 내 장점을 반들반들하게 닦아 보여주던 말, 다 진심은 아니었다고 해도 그 순간에 너무나 필요했던 말. 그 말들이 우리를 여기까지 오게 했습니다. 그런 말에 잠시 기대는 순간, 주저앉아 있던 우리 마음은 무릎을 펴고 일어서게 됩니다. 그래, 해보자. 살아보자. 좋은 말들을 닮아보자, 하고요.

다른 사람의 칭찬과 비난에 일희일비하자는 이야기가 아닙니다. 우리는 자기 자신에게 조금 더 좋은 말을 해줄 필요가 있다는 걸 말하고 싶은 거예요. 지금쯤 고개 끄덕이고 있을 분들은 아마도, 남에게는 관대해도 자신에게는 엄격한 분일 테니까요. 맞아요, 우리 자신을 가장 혹독하게 평가하고 있는 건 사실 자기 자신일지도요.

그러니까 나 자신에게 조금 더 좋은 말들을 들려주기로 해요. 책상 위의 화초에게 햇볕과 물을 주듯이, 내 마음이 시들지 않게 가꿀 수 있는 양분들 역시 필요하니까요. 그리고 여력이 된다면, 내가 누군가의 말에 힘을 얻었듯이 그런 말을 돌려줄 수 있다면 더 좋겠죠.

저만 해도 표현하는 데 서툰 편이어서, 마음속에 돋아난 말을 그냥 마음에만 두는 걸로 그칠 때가 많습니다. 하지만 요즘엔 일부러 더 바깥으로 꺼내려고 해요. 아무리 사소한 것이라도요. 새로 자른 머리가 잘 어울리는 동료에게 "머리 잘 어울려요" 말하거나(예전 같았으면 속으로 생각하고 말았을 거예요), 맛있는 커피를 마시고 난 뒤엔 카페 문을 나서기 전 용기를 내어 "커피가 정말 맛있었어요" 말하기도 합니다(예전엔 '그렇게까지 하는 건 오버'라고 생각했던 행동이에요). 좋았던 글이나 그림이 있으면 작가의 SNS 계정을 찾아가 잘 보았다고 메시지를 남기기도 하고요. 좋은 줄을 모르고, 이 세상에 자신이 만들어내는 걸 좋아하는 사람이 있다는 걸 모르고 혼자서 지쳐버리지 않기를 바라면서요.

그래서 여기 이런 마음이 있다고, 방금 이런 마음이 들었다고, 세상에 자꾸 그 마음을 말의 형태로 꺼내놓습니다. 말한 저도 잊고 들은 상대도 잊을지 몰라도, 그 순간에 그 말은 거기 존재하게 되는 거예요. 그러면 시간이 한참 흐른 뒤, 문득 지쳐 있던 한 사람을 기운 나게 할 수 있겠죠. 제가 딛고 일어섰던 많은 말들처럼요.

이 글을 닫는 말로 꼭 전하고 싶은 문장이 있습니다. 임상심리학자 허지원 교수의 책 『나도 아직 나를 모른다』에서 저에게 가장 힘이 되었던 말이에요. 책을 읽고 난 후에도 아주 오랫동안 마음에 머물렀던 문장, 오늘 고단한 하루를 보내고 돌아왔을지 모를 누군가의 머리맡에 놓아두고 싶은 말입니다.

당신이 아무리 스스로에게 너그럽고 관대해져도 당신은 여전히 노력할 것이고 여전히 누군가에게 민폐를 끼치지 않습니다. 천성이 그렇습니다. (…) 누군가가 (…) 토닥여준다면 그것도 참 좋겠지만, 그럴 누군가를 만날 상황이 안 되면 스스로가 스스로를 계속

해서 알아주면 돼요.

잘하고 있지, 너 잘하고 있지, 하며.

너 잘하고 있지, 잘해왔지.

다른 건 다 몰라도,

그건 내가 알지.

- 허지원, 『나도 아직 나를 모른다』

*** 기록 연습 ***

최근 내가 들었던 좋은 말, 누군가 건넨 사소한 격려, 쑥스러워 빨리 넘겨버리고 말았던 칭찬을 떠올려보세요. 이왕이면 휴대폰 메모장이나 에버노트 같은 앱에 '내가 들은 좋은 말들'이라는 이름의 메모장을 하나 만드신다면 더 좋습니다. 앞으로는 좋은 말을 들을 때마다 이곳에 기록해보는 거예요. 기운이 다 떨어졌을 때를 대비해 보조 배터리를 충전해둔다, 하는 마음으로요.

⁎ 예를 들면 ⁎

저는 (쑥스럽지만) 이런 말들을 듣고 기록해두었습니다.

"너는 좋은 글을 쓰게 될 거야."

"네가 있어서 내 20대가 든든했어."

"어디서든 스스로 행복할 수 있는 장소를 잘 찾아내는 사람 같아요."

"천진난만하게 살아도 돼. 어려운 건 내가 할게."

함께 웃었던 농담을 기록하기.

#농담수집

6월이면 아카시아 꽃향기가 묻은 달큰한 바람이 창으로 흘러들어옵니다. 해마다 이 바람이 불어오기 시작하는 무렵부터 곧 추워지겠네 싶어지는 늦가을까지 한강에서 보내는 시간을 무척 좋아합니다. 지난해는 비록 코로나로 인해 여의치 않았지만, 한강에서의 기억은 제게 늘 좋게 남아 있어요. 돌아보는 모든 기억이 그런 것은 아닐 텐데, 이상하게도 그곳에서 보낸 기억은 윤슬처럼 반짝입니다.

잔디밭 여기저기에 흩어져 앉아 이야기 나누는 사람들, 누가 높이 날리나 내기라도 한 것처럼 하늘 위로 멀어지는 연들, 햇빛의 각도에 따라 반짝이는 수양버들 가지, 가끔 물살을 시원하게 가르며 지나가는 보트…. 그 풍경 속에 자연스레 녹아들어 있을 때면 (한강이 아닌 곳에 있을 때보다) 저는 분명 더 자주 웃었던 것 같아요. 언젠가 이런 느낌을 '호시절의 기분'이라 표현한 적 있는데요, 정말 그렇습니다. 무엇 때문에 그렇게 많이 웃었는지 모르겠지만, 웃음이 잦았던 날들이라 할까요.

어느 날, 한강에 대한 원고를 쓰다가 정확히 저 구절, '무엇 때문에 그렇게 많이 웃었는지 모르겠지만'이라는 표현에 멈춰서 그렇다면 기록을 해보아야겠다고 생각했습니다. 이유라면 단순했어요. 지난주에 무슨 일로 가장 크게 웃었는지 기억나시나요?

…

…

…

바로 이런 이유에서입니다. 웃음의 순간은 비눗방울 같아 금세 터지고 마니까, 어딘가에 붙잡아두어야 했습니다. 꾸준함은 부족하지만 벼락치기 실행력이 있는 저는 그날 저녁 바로 에버노트 앱에 '농담 수집'이라는 노트를 추가했습니다. 나를 웃게 한 크고 작은 농담들을 기록해보기로 한 것이죠.

비교적 최근 적어둔 농담엔 이런 것이 있네요. 재택근무를 하다가 일이 있어 사무실에 출근한 어느 날이었습니다. 퇴근 시간이 되어 자리를 정리하고, 휴게실에서 막 손 소독제를 바르며 나오던 참이었는데요. 마침 퇴근하던 동료를 좁은 복도에서 마주쳤습니다. 소독제를 날리느라 부지런히 손을 비비며 "퇴근해요?"라고 물으려던 찰나, 동료가 코를 킁킁대며 다가왔습니다.

"아, 소주 냄새… 소주 마시고 싶다!"

저는 그 자리에 풀썩 주저앉아 깔깔 웃었습니다. 얼마나 해사하고도 애타는 얼굴로 그 말을 하던지요. 분명 복도 끝에서부터 지친 얼굴로 걸어오고 있는 걸 똑똑히 보았는데 말이죠. 직장 동료이자 술친구인 Y와는 한 달에 한 번 '사양 않는 술 모임'을 갖는데요(우리 저 술 마실까? 저 안주 시킬까? 하는 말에 그 누구도 NO!를 하지 않는 자리입니다). 코로나로 인해 모임이 요원해지면서 소주를 향한 열망이 불타올라 있었나 봐요.

그날 집에 돌아와 이 대사(?)를 '농담 수집' 노트에 기록해두었습니다. 그 후로 저는 손 소독제를 바를 때마다 피식피식 웃는 사람이 되고 말았습니다. 아, 소주 냄새… 하면서요. (자린고비가 굴비를 물끄러미 바라보던 심정이 이랬을까요?)

그런가 하면 이런 농담도 기록해두었네요. 틈만 나면 구제 옷가게에서 먼지 냄새 풀풀 나는 원피스를 사는 저를 보고 하루는 강이 말했어요.

"어휴, 너 그러다 언젠가 네가 내놓은 옷 네가 산다!"

구제 원피스 쇼핑이 얼마나 재미난데요. 단돈 만 원, 이만 원으로 세상에 하나밖에 남지 않은 듯한 옷을 살 수 있는 데다 보물찾기하듯 나한테 어울리는 옷을 골라내는 즐거움이 있는 걸요. 제 눈엔 모든 원피스와 다른 단 하나의 원피스일 뿐인데, 그의 눈엔 왜 늘 "그거 집에 있잖아?"가 되는지는 솔직히 의문입니다. 하지만 저 말에 바로 반박하지 못했던 건, 정말 그럴지도 모른다는 생각을 아주 잠시 했기 때문이에요. 언젠가 제가 내놓은 옷을 다시 제 돈 주고 사 오는 날이 있을까요? 두 번씩이나 마음에 들어했다면 그건 운명일 테니, 사뭇 기다려지는 미래입니다.

웃음은 두 사람 사이의 가장 가까운 거리

농담을 기록하는 일은 사실 별것 아니에요. 내가 어떤 일로 웃었고, 우리가 무슨 대화들을 나누며 지냈는지 대신 기억해주는 노트를 하나 갖게 되는 것뿐입니다. 기록해두면 쓸모가 있을까요? 예전에 웹툰을 그리던 지인이 만나기만 하면 요즘 에피소드 좀 없냐고 묻고, 공들여 답을 하고 나면 "그래, 신지야. 고마워. 그건 못 쓰겠다"라고 답하곤 했는데요(나빴네요). 이 기록도 무언가의 재료가 될 수 있을까요? 글 쓰는 자아가 불쑥 고개를 들 때마다 자주 그런 생각을 하고는 아차, 하는 표정을 짓습니다. 삶을 재료로 삼아 살 수는 없으니까요.

제가 모아둔 농담의 부스러기들을 바라보면 알 수 있습니다. 이 기록의 유용함은 두 번 웃게 되는 데 있다는 것을요. 농담의 순간에 한 번, 그리고 기록해둔 농담을 들춰보는 순간에 또 한 번. 피아니스트 빅터 보르게의 말—"웃음은 두 사람 사이의 가장 가까운 거리다"—을 빌리자면, 어쩌면 우리가 가장 가까워졌던 순간들을 기록해두는 것이라고도 할 수 있겠네요. 이건 우리만 아는 농담에 가까워요. 그 맥락을 다 이해하고 웃을 사람, 이런 말이 추억이 되는 사람은 나(혹은 우리)밖에 없을 테니까요. 하지만 저런 농담들이 없었더라면 일만 빼고 다 하고 싶어지는 회사에서의 시간을, 기대되는 일이 좀처럼 생기지 않는 엇비슷한 일상을 무사히 건너기 힘들었을 거예요.

영화 〈토니 에드만〉에는 농담을 하지 않고선 못 배기는 듯한 아빠와 매사에 진지하고 늘 일로 바쁜 딸이 나옵니다. 중요한 클라이언트와 미팅을 앞두고 있는데, 일을 처리하느라 다른 데 신경쓸 틈도 없는데, 불쑥 나타나 허무맹랑한 농담을 늘어놓는 아빠는 딸에게 이해할 수 없는 사람입니다. 함께 지켜보던 관객 역시 외치고 싶어지죠. 토니 씨, 지금 중요한 건 그런 게 아니라고요! 하지만… 그렇다면 뭐가 중요한 걸까요? 매일 미간을 찌푸린 채로 이 일이 성공할지 아닐지 셈하며 하루 동안 단 한 번도 웃지 않고 지나가는 삶이, 시답지 않은 농담에 웃는 순간보다 과연 중요하다고 말할 수 있을까요? 무표정한 얼굴로 많은 것을 이루고 나면, 우리는 더 자주 웃는 사람이 될 수 있을까요?

도무지 마음의 여유라고는 없어 보이는 딸의 일상에 불청객처럼 날아든 아빠는 묻습니다.

: 어때? 여기선 좀 행복하니?

; …행복이라뇨? 행복은 거창한 말이에요.

: 너도 인생을 좀 즐기느냐는 거지.

; 뭐 영화 보러 가거나 그런 거요?

: 글쎄, 뭔가 재미있는 걸 하는지 궁금해서.

토니는 삶이 즐거울 수도 있다는 것을 열 살 이후로 잊어버리고 사는 듯한 다 큰 딸에게, 어쩌면 틀니로 하는 그 우스꽝스러운 장난 좀 그만하라고 소리치고 싶어졌을 관객에게 이렇게 말합니다. "유머 감각을 잃지 말아요." 이 말을 듣는 순간이 왜 먹먹한지는 영화를 보고 확인하셨으면 좋겠네요. 제가 기억하는 가장 따뜻한 포옹의 장면이 이 영화 속에 담겨 있거든요.

토니를 만난 후로 생각하게 되었습니다. 어쩌면 웃을 수 있다는 건, 나를 향해 웃어 보일 여유가 있다는 말일지도 모르겠다고요. 웃지 못하는 건 대체로 지금의 나 자신이 마음에 들지 않기 때문이에요. 내 일이 마음에 들지 않고, 내 일상이 마음에 들지 않고, 내 삶이 마음에 들지 않기 때문입니다. 그러니 속도 모르고서 웃는 상대가 밉고, 지금은 그럴 때가 아니라고 생각하게 되는 거지요. '그럴 때' 같은 건 없는데도 말이에요.

"이것저것 하는 사이에 인생이 지나가버려." 그건 토니식의 '내가 살아봐서 아는데'일 것입니다. 그렇다면 저는 조금 더 자주 웃고 싶어요. 더 많은 것을 지나쳐버리기 전에 나를 웃게 한 농담들을 기록해두고, 삶에는 좋은 순간들도 많았다는 것을 기억하고 싶어요.

우리 인생은 대부분의 무표정했던 시간과 찡그린 시간, 드물게 웃었던 시간으로 기억될지 모릅니다. 다행이에요. 우리가 어떤 농담에 웃었다는 것은, 그 순간 추억이 생겨났다는 말과 같으니까요. '남는 것은 추억뿐'이라는 흔한 말을 할 때, 그 '추억'은 분명하게도 우리가 함께 웃었던 순간을 가리키니까요.

＊ 기록 연습 ＊

쿵짝이 잘 맞아 만나기만 하면 즐거운 친구, 나를 가장 자주 웃게 하는 연인, 밖에 나가서도 이럴까 싶을 정도로 엉뚱한 가족이 있나요? 그들의 농담을 기록해보세요. 기록하지 않으면 대부분의 대화는 휘발되고 마니까요. 즐거웠던 순간의 즐거웠던 기분을 남겨두기로 해요. 그 사람만의 '어록'을 만든다는 기분으로 시작해보셔도 좋습니다. 저도 엄마 인숙 씨의 말들을 모아 '인숙 씨 어록'을 만들어보고 싶어요. 연도별로 버전을 붙여서요.

* 예를 들면 *

인숙 씨 어록.

"안 춥다 안 춥다 하면 안 추운기라."

"어마야, 니 서터레스를 왜 받나. 그거 안 받을라 하믄 안 받제."

"주는 게 주는 게 아인기라. 주는 게 받는 것이다 생각하고 자꾸 베풀어야지. 금을 쥐고 있다 해도 영원히 내 거는 아닌 기야."

"서터레스를 안고 꿍해 있으면 내 자신만 너무 상해버리잖아. 새 마음을 먹어야지. 자꾸자꾸 새 마음으로 하는 거야."

"딸. 엄마는 임영웅 노래를 들으면 좋아요. 영웅 너무 귀엽고 착하고 숨김없이 순진하고 멋져.♥"

기록하는 법, 세 번째.

영감을 모으기로 했습니다.

영감은 하염없이 기다린다고
오지 않습니다.
올 생각이 없거든요.

찾아 나서야 하는 건
언제나 이쪽입니다.

영감은 일상으로부터 받아 적는
디테일에 숨어 있습니다.

일상의 디테일을 '받아쓰기'
한다는 기분으로 기록해보세요.

나를 일으켜준 문장들.

#내인생의문장

제 에버노트에는 '일으켜준 말들'이라는 노트가 있습니다. 앞서 얘기한 '내게 닿은 좋은 말들을 적어두기'라는 기록이 내게 닿았던 따뜻한 말들, 주변 사람들이 건네준 힘이 된 말들을 적어두는 기록이라면, '일으켜준 말들'에는 제가 살아내고 싶은 문장들을 모읍니다. 읽고 지나가버리는 문장이 아니라 꼭꼭 씹어 내 것으로 소화하고 싶은 문장들, 침대 맡의 전등처럼, 창가의 화분처럼, 가까운 자리에 두고 함께 살고 싶은 문장들을요. 실제로 그 문장들은 저를 몇 번이고 일으켜주었습니다.

저는 낙관주의자예요. 제가 행동할 거니까요.

작년 '올해의 문장'으로 삼았던 장혜영 의원의 말입니다. 황선우 작가가 인터뷰어로 나선 카카오페이지 오리지널 〈멋있으면 다 언니: 황선우의 스압 인터뷰〉에 실린 대화의 일부인데요. 쉬운 비관보다 어려운 낙관을 택하는 태도야말로 늘 근사하다고 생각해요. 분리수거해봤자 아무 소용없다는 말, 너

하나 목소리 낸다고 한국사회가 바뀔 거 같으냐는 말, 차별과 혐오를 키우는 무심한 말… 그런 쉽고 납작한 말들 앞에서 언제나 떠올립니다. 세상은 변할 거예요. 내가 행동하고 나부터 바뀔 거니까요. 앞으로 그런 어른으로 나이 들고 싶어요.

우리가 할 수 있는 건, 가는 날까지 사람에게 예의를 갖추고 웃음이 나는 좋은 추억을 많이 만드는 것뿐. 추억조차 인위적으로 만드는 게 아니에요. 기분 좋게 지내는 하루하루, 생활이 추억이 되는 거죠.

– 김지수, 『자존가들』

정신과 의사로서 지난 50년 동안 사람들의 마음을 보살핀 이근후 선생의 인터뷰에서 발췌한 문장입니다. 그는 말해요. 살아보니 인생은 필연보다 우연에 좌우되었고, 세상은 생각보다 불합리하고 우스꽝스러운 곳이었다고. "산다는 것은 슬픈 일이지만, 사소한 즐거움을 잃지 않는 한 인생은 무너지지 않는다"고요. 저보다 긴 시간을 걸어온 사람이 건네는 이런 말들은 제게 꼭 먼저 간 이가 흘리고 간 빵 조각 같습니다. 헨젤과 그레텔의 마음이 되어 이 길이 맞구나, 여기로 가야겠구나 하면서 걸음을 옮깁니다.

불행이 바라는 건 내가 나를 홀대하는 거야. 내가 나를 하찮게 여기고 망가트리는 거지. 난 절대 이 재앙을 닮아가진 않을 거야. 재앙이 원하는 대로 살진 않을 거야.

– 최진영, 『해가 지는 곳으로』

소설 『해가 지는 곳으로』는 208페이지에 걸쳐 쓰인 이 메시지라고 생각합니다. 불행이 바라는 건 내가 나를 홀대하는 것, 그러므로 불행 앞에서 절대 너를 닮아가지 않겠다고 마음먹는 것, 그것은 인간만이 할 수 있는 선택이라고 생각해요. 살아가며 맞닥뜨릴 불행 앞에서 언제든 이 문장을 꺼내 읽고 싶어 꾹꾹 눌러 적어두었습니다.

잊지 못하리라 생각하며 가슴에 품었던 문장들이 풍화되듯 사라지는 일을 반복해서 겪은 후, 저는 이런 것을 기록하는 사람이 되었습니다. 쓰기 위한 영감이 아니라 살기 위한 영감이 되어주길 바라면서요. 인생이 망망대해같이 느껴질 때 등대의 불빛처럼 찾을 수 있길 바라면서요. 하지만 아무리 깊은 울림을 느낀다 한들, 그 문장을 삶으로 살아내기란 여전히 어려운 일입니다. 좋은 문장을 기록해두면 우리는 좋은 사람이 될 수 있을까요?

소설가 김연수식으로 말하자면 '우리가 지금 좋아서 읽는 이 문장들은 현재가 아니라 미래의 우리에게 영향을 끼칠 것'입니다. 그러니까 지금 기록하는 문장들이 우리의 미래를 결정할 거예요. '아름다운 문장을 읽으면 우리는 어쩔 수 없이 아름다운 사람이 된다'던 그의 말처럼 아주 아름다워지진 못하더라도, 이 문장들을 조금씩은 닮아가고 싶어서 오늘도 기록합니다. 당신에게도 지친 당신을 언제고 일으켜줄 문장들이 있었으면 좋겠어요.

* 기록 연습 *

작은 노트든, 메모 앱이든, 블로그 비공개 게시판이든 '내 인생의 문장'을 기록해두기 위한 공간을 마련해보세요. 단순히 기록하는 데 그치지 않고 한 번 더 곱씹는 시간을 가져보는 것도 좋겠지요. 『쉬운 일은 아니지만』을 쓰고 그린 홍화정 작가는 일주일에 한 번쯤 근처 카페에 가서 그동안 주워둔 좋은 문장들—노랫말이나 책에서 밑줄 친 구절, 타인의 생각들—을 노트에 쭉 적어보는 시간을 가진다고 책에서 언급해요. 그러다 보면 마음속에 좋은 기운이 차오른다고요. 좋은 문장은 기록해두는 것만큼이나 곱씹어 마음에 배게 하는 것이 중요하다는 생각을 합니다.

* **예를 들면** *

홍화정 작가의 실제 노트 속 문장들이에요.

스쿠터 없이 자전거도 집에 두고 나오면 걸어 다닐 일이 많아진다. 혼자 길을 걷고, 주변을 관찰하고, 이런저런 생각을 하다 혼잣말을 하고.. 그러다 보면 [redacted] 은주언니가 뜬금없이 보내준 문장이 생각난다.

—

내가 혼자 걸으며 여행을 할 때 만큼 생각을 많이 하고 또 살아있다는 강렬한 느낌을 받은 적은 한 번도 없다. 그때만큼 나 자신을 대견스럽게 생각한 적이 없었다고 할까?

사람이 한 곳에 머물러 있을때는 생각이 제대로 떠오르지 않지만, 걸으면 생각을 자극하는 뭔가가 생기게 된다.

— 루소의 자서전 중에서.

Q 일부 팬은 특유의 몽환적인 목소리를 그리워 한다

A (부정적인 평가에는) 사실 크게 동요되지 않아요.

언제든 제가 원하는 목소리를 낼 수 있거든요. 꼭 목소리를 공격적으로 내야 한다거나 몽환적으로 내야 한다는 강박도 없어요. 순간마다 어떤 표현을 하고 싶은가에 따라 달라요. 이 앨범 한 장만 내고 끝내는 것이 아니기 때문에 여러 가능성을 열어 놓고 있어요.

평가에 흔들리지 않아요.

— 림킴 인터뷰

→ 멋있는 태도고, 배우고 싶다 생각한다.

내일은 정말 좋은 일이 너에게 생기면 좋겠어.
너에겐 자격이 있으니까, 이제 짐을 벗고 행복해지길
나는 간절하게 소원해본다.
이 세상은 너와 나에게도 잔인하고 두려운 곳이니까,
언제라도 여기로 돌아와, 집이 있잖아, 내가 있잖아.
내일은 정말 좋은 일이 ~~너에게 생기면~~ 우리를 기다려
주기를, 새로운 태양이 떠오르기를.
가장 간절하게 바라던 일이 이뤄지기를,
난 기도해본다.

– Going Home, 김윤아

↳ 사랑하는 사람에게 쓴 편지같아 가사...

"이 연구에서 밝혀진 흥미로운 사실은, 사람들이 무슨 일을 하든 딴 생각을 하지 않고 그 순간의 일에 집중하고 있을 때 가장 큰 행복을 경험한다는 사실이었다. 마음이 한 곳에 머물지 못하고 여기저기 떠돌 때가 행복하지 않은 순간이었다"

– 최인철, 서울대심리학과교수

그렇지.. 작년말에 한참 일할때 뭐랄까..
우울하진 않았다. 그래도 매일 알차게 살고 있구나
책상을 보며 뿌듯해하고 안정감을 느끼곤했었어.

에세이를 위한 글감들.

#글감수집

이번에 소개할 기록은 에세이를 쓰고 있거나, 쓰고 싶어하는 사람들을 위한 기록입니다. 글쓰기와 관련해 가장 많이 듣는 질문 중 하나는 "글감을 어디에서 찾나요?" "영감은 어디에서 얻나요?"가 아닐까 싶습니다.

출근하면 일하고, 퇴근하면 글 쓰는 저는 에버노트 앱에 '글감 수집' 노트를 서너 개 따로 가지고 있습니다. 글감을 주울 때마다 이곳을 서랍 삼아 넣어두어요. 그리고 글을 써야 할 때 그 서랍에서 하나를 꺼내 씁니다. 참 쉽죠?

…그런 얘기나 듣자고 이 페이지를 펼친 게 아니라고요! 외치고 있을 분들을 위해 구체적으로 글감을 어떻게 발견하고 분류하는지 적어보겠습니다. (물론 이것은 저만의 방법이니 '그래? 나도 어디 한번' 하는 정도의 마음으로 시도해본 뒤 저마다 자기만의 방식을 찾아가는 게 좋겠죠. 저도 그리 성실하게 실천을 못 하고 있다는 사실도 미리 밝혀둡니다. 하지만 글감을 위한 서랍이 없는 것보다는 있는 게 백번 낫습니다. 그것만은 진실!)

글감을 찾기 위한 방법은 많을 테지만, 여기서는 기록에 초점을 맞추어 '꾸준히 쌓아갈 수 있는 종류의 소재'만 골랐습니다. 제 '글감 노트' 중 일부를 소개하면 다음과 같습니다. 괄호 〔 〕 안에 쓰인 것이 제가 달아둔 노트의 제목들이에요.

첫 번째, 〔흔한 마음〕을 포착하고 기록하기

누구나 느끼고 있지만 막상 말로 표현하기는 어려운 감정이 정확히 글에 녹아들어가 있을 때, 내 마음 같은 에세이를 만났을 때 우리는 흔히 생각합니다. 내가 썼나? 어쩜 이렇게 내 마음하고 똑같지! 이 말을 뒤집어보면, 글감을 찾기가 조금 더 수월해집니다. 내가 느낀 것을 이 세상 누군가도 반드시 느낀다는 말일 테니까요.

마음의 수면에 어떤 파동이 이는 순간을 캐치하고, 되도록 솔직하게 기록으로 남겨보세요. 나만의 '느낌 창고' 같은 게 되겠죠. (이 방면의 대가는 마스다 미리입니다. 그 역시 틈틈이 자신의 느낌을 기록해둔다고 해요. 덕분에 많은 사람의 공감을 얻는, 마음의 정확한 지점을 가리키는 만화를 그리는지도 모르겠어요.)

친구와 대화하다가, 사무실에서 일하다가, 영화를 보다가, 소설을 읽다가, SNS를 훑어보다가 뭔가를 느꼈다면 그것을 기록해두는 겁니다. 이것만 믿으면 됩니다. '뭔가를 느꼈다면 거기에 글감이 있는 법!' 어디까지나 글감의 수준이니 꾸미거나 정리하려 하기보다 그 느낌을 그대로 옮겨 적는 게 중요합니다. 내 느낌에 내가 댓글을 남긴다는 생각으로요.

〔흔한 마음〕 노트에 적힌 일부를 옮겨볼게요.

- 부모와 '진짜' 대화는 못 나누는 사람들

└→ 밥 먹었냐, 밥 먹었다 하는 것 말고, 퇴근하냐, 퇴근하고 있다 하는 것 말고. 진짜 얘기. 오늘 누구한테도 못 한 그런 얘기. 그 결핍이 진짜 대화를 나눌 수 있는 사람을 찾아 평생을 헤매게 하는지도.

- '사는 것처럼 살고 싶어서'

└→ 책을 읽다 이 짧은 문구에 발이 걸려 넘어진 기분이다. 그래서 사람들은 지금의 이 바쁘고 정신없고 불만족스러운 생활을 뒤로 하고 여행을 떠나거나, 언젠가 시골에 혹은 먼 나라에 정착하는 삶을 상상하는 걸까. 한 번쯤은 사는 것처럼 살고 싶어서.

두 번째, 〔일상의 디테일〕을 기록하기

〔흔한 마음〕이 안을 들여다보는 일이라면, 〔일상의 디테일〕은 밖을 관찰하는 일입니다. 생생한 에세이의 공통점은 디테일이 살아 있다는 거예요. 하지만 디테일은 말 그대로 너무 작고 사소해서 지나치기 쉬우니 '순간 포착'이 중요합니다.

관찰하는 눈은 기를 수 있습니다. 자꾸 보고 오래 보다 보면 관찰 시력이 점점 좋아지게 마련이니, 나는 뭉툭한 사람이다, 내 눈엔 아무것도 안 보인다, 낙담하지 말고 시작해보세요. '들은 것'을 기록할 수도 있고, '본 것'을 기록할 수도 있습니다. 영감은 하염없이 기다린다고 오지 않습니다. 올 생각이 없거든요. 찾아 나서야 하는 건 언제나 이쪽입니다. 영감은 우리가 일상으로부터 받아 적는 디테일에 숨어 있습니다. 말 그대로 받아 적는 거예요. 일상의 디테일을 '받아쓰기' 한다는 기분으로 기록해보세요.

〔일상의 디테일〕 노트에 적힌 기록들입니다.

- 맥줏집에 이미 취한 채로 들어온 옆자리 할아버지들의 대화. 친구가 안주를 입맛에 맞아 하지 않자 손목을 잡으며 이렇게 말했다. "○○아, 다른 거 먹어! 우리 시간이 별로 없어. 먹고 싶은 것만 먹어, 너 좋아하는 것만 먹어!" 백번 지당한 말씀이었고, 나이와 상관없이 나 역시 그런 마음으로 살고 싶어졌다. 시간이 없다. 좋아하는 것만 먹고 좋아하는 사람만 만나고 좋아하는 순간만 즐겨도 모자랄지 몰라.

└→ 요즘은 다들 이어폰을 귀에 꽂고 다니지만 가끔 카페에서, 식당에서, 전철에서, 정류장에서 이어폰을 빼고 옆 사람들의 대화에 귀 기울여보세요. 나와는 다른 인생을 사는 사람들이 어떤 대화를 나누는지 알 수 있습니다.

- 강의 친구 돈수 차를 타고 가다가 인생을 배웠다. 갑자기 끼어든 차가 앞을 막아도, 꼬리 물기 차량이 위협을 해와도 돈수는 태연스레 이런다. 먼저 가세요~ 가셔도 됩니다~♪ 그는 정말이지 이 시대의 새로운 운전자다. 게다가 (인정하고 싶지 않지만) 짜증날 땐 노래 부르듯이 말해보는 거 꽤 효과가 있었다. 아저씨들이 왜 음표를 달아서 말하는지 알 것만 같다.

└→ 우리의 영감 요정들은 사실 주위에 있습니다. 주변 사람의 말

이나 행동에서 어라? 하는 순간이 생기면 흘려버리지 말고 기록해보세요.

세 번째, 〔빌려 쓰는 글감〕 기록하기

일상에서 무엇이든 '읽을 때' 주울 수 있는 글감입니다. 내가 읽고 좋았던 글에서 '소재' 혹은 '의미'만 한 줄 뽑아서 내 식대로 새로운 글을 써볼 수 있습니다. 좋은 에세이는 읽고 나면 늘 내 이야기를 하고 싶게 만듭니다. 거기에서 착안해, 읽고 좋았던 글에서 '그렇다면 이 글감으로 나는 무슨 이야기를 할 수 있을까?' 생각한 뒤 소재로 적어둡니다. 다른 이의 소재에서 내 소재를 발견하는 방식이죠. 누군가 버스를 타고 고향집에 가는 몇 시간 동안 일어난 일들을 블로그 일기로 올린 것을 보고, 나도 다음에 시골집에 가면서 한 편의 글을 써봐야겠다 생각한 적도 있습니다.

이 기록이 습관이 되면 좋은 점은? 책이든, 노래 가사든, 누군가의 블로그 일기든, 인스타그램에서 본 짧은 글이든, 내가 읽는 모든 것에서 글감을 주울 수 있다는 거예요. 어떤 책의 첫 장을 넘길 때마다 '나는 이제 막 바닷가에 도착했다'라고 생각해보세요. 이 해변에서 마음에 드는 조개껍데기 하나를 주워가야지, 마음먹으면 모래 위의 모든 조개껍데기가 함께 집에 돌아갈 수도 있는 '후보'가 되는 것과 같은 이치입니다. 우리가 읽는 모든 것에서 글감을 찾을 수 있어요.

다음은 실전편입니다. 글감을 모을 땐 다음 세 가지를 기억하면 좋아요.

1. 바로 메모하기

아! 혹은 아? 하는 순간이 온다면 일하는 중이든, 지하철 안이든, 대화하던 중이든 메모해두세요. '좀 이따가' 하는 순간 느낌은 휘발되어 사라져버립니다. 내가 뭘 적으려 했지? 상태가 되고 말거든요. 가장 쉬운 것은 휴대폰 메모장이나 카카오톡 '나와의 채팅'에 빠르게 키워드만 적어두는 것입니다. 이왕이면 둘 중 하나로 통일해두는 게 좋습니다. 2번의 작업을 위해서죠.

"이렇게 기록을 하고 나서, 어떻게 활용하시나요? 저는 에버노트에 메모가 1천 개나 되는데…(먼산) 그냥 넣어두기만 하거든요. 그대로, 묻어버린 느낌이랄까요.-_-"

이 책의 담당편집자님이 목차를 짜는 과정에서 저에게 남긴 메시지입니다. 다음은 이 질문에 대한 답입니다. 흩어져 있던 메모가 쌓이는 기록이 되는 과정이라 할 수도 있겠네요.

2. 메모한 것을 알맞은 서랍에 넣기

제가 지금껏 청소에 대해 들은 말 중 가장 와닿았고 도움되었던 말은 '하루 5분만 집 안 어딘가를 청소하면 늘 깨끗한 집에서 살 수 있다'라는 것이었어요. 몰아서 대청소할 생각 말고, 소청소를 매일 조금씩 하라는 거죠. 갑자기 청소 얘기를 왜 꺼냈느냐면, 메모도 매일 조금씩 정리하는 거 외에는 왕도가 없기 때문이에요. 메모를 쌓아두었다가 대정리할 생각 말고 매일 소정리를 하는 거죠. 메모했다는 사실 자체에서 끝내면, 그냥 수백 개의 메모를 가진 사람이 될 뿐입니다. 메모가 쓰이기 위해서는 어딘가에 정리정돈되어 있어야 해요. 필요할 때 찾을 수 있도록요.

제가 쓰는 방법은 1번에서 끼적여둔 메모를 주로 쓰는 노트 앱의 각 카테고리에 분류해 넣는 것입니다. 몰아서 하면 양이 쌓여서 더 하기 싫어지기 마련. 매일 밤 자기 전의 루틴으로 삼고서 조금씩 정리하는 것도 좋고, 일요일 밤에 한 주의 메모를 정리하며 작은 성취감을 느끼는 것도 좋습니다. 글감을 줍는 과정은 어느 가을날 열매가 구석구석 떨어져 있는 산을 누비는 일과 비슷합니다. 그리고 우리는 야무진 다람쥐들이에요. 알밤을 주웠다면 알밤 바구니에, 도토리를 주웠다면 도토리 바구니에, 호두를 주웠다면 호두 바구니에 넣어야겠죠. 그렇게 나눠 담은 바구니를 가지고 집에 돌아와 내 곳간을 채워둔 다음, 겨울을 나는 동안 필요한 식량을 꺼내 먹는 것입니다.

3. 주워둔 글감으로 뭐라도 쓰기

위에서 말한 기록은 글쓰기를 위한 '곳간'을 채우는 일이지만, 곳간에 든 것들로 밥을 짓지 않으면 아무 소용이 없습니다. 글감을 모았다면 써야겠죠. 앞에서 설명한 매일 일기 쓰는 습관을 참고해보세요. 매일 밤 자기 전에 열 줄짜리 손바닥 수필을 써보겠다, 혹은 주말에 A4 반 페이지 정도의 에세이를 써서 일요일 밤마다 브런치에 올리겠다, 하는 목표를 세우고 일정하게 글 쓰는 습관을 들이면 좋습니다.

요즘엔 글 쓰는 습관을 들이기 위해 '100일 프로젝트' 같은 것을 하는 분도 많습니다. 블로그의 100일 챌린지 기능이나 '챌린저스' 앱, '카카오 프로젝트100' 등을 이용해 꼬박꼬박 달성 여부를 표시하고 성취감을 셀프 충전하는 방식이죠. 인스타그램 친구들에게 '1일 1글 100일 프로젝트'를 선포하고 매일 짧은 글을 올리는 식으로 약속을 지켜나갈 수도 있을 테고요. 자신에게 맞는 방식을 찾아 글 쓰는 습관을 들여보세요. (제 목소리가 점점 작아지는 건 저도 하지 못하고 있기 때문입니다. 이 원고의 경우 편집자님과 약속한 마감일을 앞두고 낮밤을 쪼개서 쓰고 있으니까요…. 원래 꾸준함은 어렵습니다. 괜찮아요.)

＊ 기록 연습 ＊

내가 쓰는 노트 앱(없다면 오늘부터 하나를 정할까요)에 글감을 쌓아갈 노트를 종류별로 두어 개 만들어보세요. 일단 글감 노트를 만들어두면, 자동으로 주변 와이파이를 찾아내는 휴대폰처럼 일상에서 자꾸 소재를 발견하게 될 거예요.

* 예를 들면 *

제 에버노트에 담긴 〔일상의 디테일〕 노트 일부입니다.

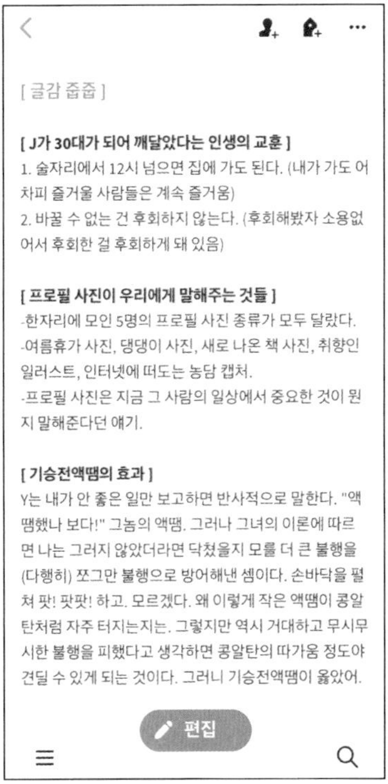

이정표가 되어주는 문장들.

#문장서랍

가끔 다른 사람의 글을 읽으며 '이 사람은 어떻게 이렇게 적재적소에 좋은 문장들을 인용했을까?' 생각한 적 없으신가요? 발췌나 인용이 능사일 수는 없지만, 적절한 곳에 들어가 있으면 독자의 마음에 메시지를 쿡 와닿도록 전달하는 데 효과적인 게 사실입니다. 하지만 우리가 부러워하는 그 사람이라고 해서 세상의 모든 좋은 문장들을 머릿속에 담고 있는 건 아닐 거예요. 이럴 때 필요한 것이 바로 기록입니다. 기록의 힘을 빌려 좋은 문장들을 모아두면 돼요. 언제든 꺼내 쓸 수 있도록 말이에요.

제가 하는 기록을 큰 틀에서 두 가지로 나누면 '순간 수집'과 '문장 수집'이 될 것입니다. '순간 수집'이 주로 사진을 찍는 방식으로 이루어진다면, '문장 수집'은 노션 앱에 하는 기록이 주를 이룹니다. (원래는 에버노트를 쓰다 얼마 전부터 노션을 사용해보고 있는데요. 아직 마음을 한쪽으로 굳히지 못했지만, 요즘엔 노션을 더 자주 사용하므로 노션을 예로 들겠습니다.)

저에게는 이렇게 수집한 문장을 넣어두는 '문장 서랍'이 있습니다. 각각의 서랍은 서랍문에 이름표를 붙이듯 제목을 붙여두었어요. '행복', '재능', '가족', '책', '예술/창작', '여행' 처럼요. 이렇게 키워드를 나누어 만든 여러 개의 노트에, 각각 그 주제와 관련해 모은 발췌 문장들이 들어 있는 것, 이것이 제 '문장 서랍' 입니다. 문장 서랍은 일상에서 주로 이런 방식으로 채워집니다.

지난 주말엔 수건을 개며 영화 소개 프로그램에서 〈올 굿 에브리씽〉이란 영화를 소개하는 걸 보고 있었어요. 집안의 반대를 무릅쓰고 결혼한 데이비드와 케이티는 시골에 작은 식료품 가게를 차려 소박하게 살아가지만, 어느 날 사업가인 데이비드의 아버지가 가업을 이으라며 찾아와 이렇게 묻습니다. 정말 이런 삶에 서로가 만족하는 것 같으냐고요. 케이티에게 화려하고 편안한 삶을 마련해주고 싶었던 데이비드는 도시로 가자고 합니다. 그 후 두 사람의 삶은 완전히 달라져요. 생활이 넉넉해진 대신, 함께할 시간과 마음은 적어져만 갑니다. 그때 흐른 내레이션은 이랬어요.

몰라봤다. 성공해야 행복하다는 사람과 행복하면 그게 성공이라는 사람은 서로 만날 수 없다는 것을.

수건을 개다 말고 휴대폰의 노션 앱을 열었습니다. 그리고 '행복'이라는 제목의 노트에 이 문장을 추가했어요. 무언가를 더 이루어야 할 것만 같을 때, 성취 없이는 내 삶을 설명할 수 없을 것 같을 때, 이 문장을 들여다보리라 생각하면서요.

이처럼 TV를 보다가, 책을 읽다가, 웹 서핑을 하다가 마음에 꽂히는 문장을 발견하면 주워다가 해당하는 서랍에 넣어둡니다. 내 마음 같은 문장, 내가 동의하는 문장뿐만 아니라 동의하지 않지만, 의미 있는 문장 역시 주워둡니다(이 경우, 'ㅇㅇ은 이렇게 말한 적 있다. 하지만 내 생각은 다르다'라는 식으로 쓰일 수 있겠죠). 복사와 붙여넣기 혹은 간단한 타이핑만으로 내가 원하는 문장들을 한곳에 모아둘 수 있다니 좋은 세상인 셈이죠.

이렇게 모아둔 문장을 반드시 인용의 용도로만 쓰는 건 아닙니다. '재능'에 대한 글을 써달라고 청탁받았을 때, 어떤 식으로 써야 할지 막막하다면? 문장 서랍의 '재능' 노트에 들어가서 그동안 모아둔 문장들을 전체적으로 한번 읽어보는 것만으로 갈피가 잡히기도 합니다. 내 마음이 움직여 모아둔 문장들엔 내가 '재능'을 어떻게 생각하는지, 재능에 대해 어떤 태도를 갖고자 하는지 보이니까요.

현생에 도움이 되기도 합니다. 어떤 일을 하다 지칠 때, 누가 봐도 재능 있어 보이는 사람이 부럽고 이 일을 계속하는 건 내 미련이 아닐까 상심할 때, 나보다 현명한 사람들이 먼저 남겨놓은 재능에 대한 말들을 보는 것만으로 위안이 됩니다. 내게 이정표가 되어주는 문장들이 그 서랍 안에 많이 들어 있으니까요.

대부분의 노트 앱에는 태그 혹은 검색 기능이 갖춰져 있어서 검색 탭에 '재능', '행복'이라고 입력하면 그 키워드가 포함된 모든 문장이 검색 결과로 잡히기도 합니다. 빠르게 찾을 때는 이 방법이 편하고, 실제로 낱개 메모를 파편화하여 쌓은 다음 검색으로 찾는 분들도 꽤 있습니다. 하지만 재능이란 단어를 한 번도 쓰지 않고 재능에 대해 언급한 문장, 재능에 관한 일화로 이루어진 문장은 이런 방식으로 찾기 어렵겠지요. '서랍 분류법'을 선호하는 저는 각각의 노트를 서랍으로 생각하고 만들어두고, 해당하는 문장들만 따로 수집한 다음, 볼 때도 한 번에 모아서 보는 방식을 애용하고 있습니다. 여러분도 좋은 문장을 모아두는 자기만의 방식을 찾아보시길.

＊ 기록 연습 ＊

문장 서랍으로 만들고 싶은 키워드를 다섯 개 정도 찾은 다음, 각각의 노트를 만들어보세요. 앞으로는 책을 읽을 때, 영화를 볼 때, '어, 이건 이 서랍에 넣어둬야겠다' 하는 반가운 순간이 생길 거예요.

＊ 예를 들면 ＊

저의 문장 서랍 일부입니다. 노션을 사용하면 이렇게 각각의 노트에 이미지를 넣어 표지처럼 만들어둘 수 있어요.

믿고 싶어지는 아름다운 이야기들.

#간직하는기록

한때 제게는 아름다운 이야기를 많이 알고 있는 사람이 곧 아름다운 사람이었습니다. 그 사람 안에는 누구도 해칠 수 없는 고요한 정원이 있는 것 같았어요. 그도 아니면 숲이. 그도 아니면 바다가. 저는 늘 조금쯤 감탄하는 마음으로 그를 보았던 것 같습니다. 어떻게 매번 우물에서 맑고 차가운 물을 길어 올리듯 이런 이야기들을 새로이 들려줄 수 있는 걸까. 세상에 돌멩이처럼 차이는 것이 사람 같다가도 그가 만난 사람들은 어쩐지 특별한 이야기를 품고 있는 특별한 사람들 같았고, 지구 반대편 어느 작은 섬에서 일어난 소동에 대해 들을 때면 당장이라도 여행을 떠나고 싶어지기도 했습니다. 지나고 보니 그때 저는 그를 만나러 가는 것이 아니라 그의 이야기를 만나러 가는 길이 설레었던 것 같아요.

누군가를 닮고 싶어 따라서 시작한 일이 나의 것이 되기도 합니다. 지금 저는 아름다운 이야기를 알게 되면 어딘가에 적어두는 사람이 되었으니까요. 누군가에게 들려주고 싶다는 마음은 두 번째고, 내 안에도 그 같은 우물이 있었으면 좋겠다는 마음이 첫 번째였습니다. 그렇지 않으면 쉬이 메마르고 갈라져버리는 게 보통 사람의 마음이니까요.

생활이란 것 속에는 얼마나 구차한 일들이 많던가요. 마음에 없는 소리를 해야 할 때도 있고, 손해 보지 않으려 날을 세워야 할 때도 있고, 대충 잘 지내기 위해 대충 존재해야 할 때도 있습니다. 일하러 나간 곳에서는 거실 소파에 누워 있을 때보다 두 배는 똑똑하게 굴어야 하고, '이런 게 중요한 거'라는 말에 고개 끄덕이며 주식이나 부동산 같은 돈이 되는 정보들을 서로 나누기도 합니다. 거기 매몰되어 지내다 보면 나도 모르게 잊게 돼요. 다른 세상이 있다는 걸. 이런 세상이 전부가 아니라는 걸.

그럴 때 저에겐 이야기가 도움이 됩니다. 나와는 조금 다른 차원에서 이 삶을 바라보는 사람이 있다는 걸 보여주는 이야기, 지구 어딘가에 내가 만나지 못한 아름다움이 존재한다는 이야기, 그러니까 '눈앞의 이런 삶이 전부가 아니'라고 다시금 일깨워주는 이야기들 말이에요.

한번은 이런 영상을 본 적 있어요. 태국의 한 코끼리 보호시설에는 평생 가파른 산에서 통나무를 운반하거나 고된 훈련을 받으며 쇼를 해야 했던 코끼리 30여 마리가 살고 있다고 합니다. 어느 날 영국인 피아니스트 폴 바튼은 생각했습니다. 평생 인간을 위해 고되게 살다 늙고 병든 코끼리들에게 어떻게 하면 사죄할 수 있을지를 말이에요. '내가 할 수 있는 일이 있을까? 미안하다고 말하기 위해 인간으로서 할 수 있는 작은 일은 무엇일까?' 고민한 끝에 그는 자신의 피아노를 챙겨 보호 시설이 있는 곳으로 향합니다. 그리고 그곳에서 코끼리들을 위한 연주를 시작해요. 바흐부터 베토벤, 쇼팽, 라흐마니노프에 이르기까지. 피아노 선율에 담긴 무언가가 조금이라도 전해진 걸까요? 코끼리들은 커다란 귀를 잎사귀처럼 펄럭이거나 눈을 천천히 깜빡이며 그의 연주를 듣습니다. 저는 그가 눈먼 코끼리를 위해 베토벤의 〈비창〉을 연주하는 영상을 보다 조금 울고 말았는데요. 그건 정말이지 제가 모르던 세상이었기 때문이에요. 다른 세상의 다른 마음이 보여준 다른 아름다움이었습니다.

또 한번은 어느 자리에선가 향유고래는 수직으로 서서 낮잠을 잔다는 이야기를 들었습니다. 집으로 돌아오는 길, 귀한 이야기를 품은 사람처럼 조심스레 사진을 찾아보았습니다. 스위스의 한 사진작가가 찍었다는 사진 속에는 짙푸른 바다를 이불처럼 덮고 잠든 여섯 마리의 향유고래가 있었습니다. 신전을 떠받친 기둥처럼 거대한 몸을 지닌 고래들이 수직으로 선 채 고요한 잠에 빠져 있었어요. 그것은 한 번도 본 적 없는, 기묘할 정도로 아름다운 풍경이었습니다. 그 후로 삼면이 바다인 나라에 살며 종종 바다 앞에 설 때면 향유고래들을 떠올립니다. 이 너른 바다의 어딘가, 깊고 푸른 물속에 수직으로 서서 낮잠을 자는 고래들이 있다는 사실에 대해서요. 그럼 갑자기 내 삶이 아주아주 작아지는 기분이 듭니다. 그래서 도리어 마음이 편안해져요. 이상한 일이지요.

세계 각국의 '펜 테스트 용지'를 수집하는 사람에 대한 기사를 본 적도 있어요. 일본 어느 잡지의 컬렉터(수집가) 특집 기사였습니다. 문구점이나 서점에서 펜이 잘 나오나 안 나오나, 이 펜이 정확히 어떤 색을 띠고 있나 테스트하느라 끼적인 낙서들을 모으는 사람이었죠. 지금껏 세계 106개국의 용지를 모았고, 낙서에는 국가별 특징도 있다고 해요. 수집에는 역시 한계란 게 없구나 싶기도 했고, 대체 전 세계에 흩어져 살고 있는 사람들이 저마다 펜 테스트 용지에 뭐라고들 적었을지 궁금해지기도 했습니다.

이야기뿐 아니라 새로 알게 된 아름다운 단어들이 있으면 따로 기록해두기도 합니다. 하나를 추가할 때마다 세상엔 아직 내가 모르는 단어가 이렇게 많구나 싶어, 나보다 먼저 살다간 누군가가 이 아름다움에 이름을 붙여주고 불렀구나 싶어 설레는 기분입니다. 얼마 전엔 회사에서 한글날 맞이 콘텐츠를 만들다가 아름다운 우리말을 잔뜩 주웠어요. 이런 날은 특별히 기쁜 날입니다. 모르고 살았던 아름다운 단어들을 많이 주운 날이니까요.

그루잠 : 잠깐 깨었다가 다시 든 잠

산돌림 : 옮겨다니면서 내리는 비

손갓 : 햇살의 눈부심을 막고 멀리 보기 위해 손을 이마에 붙이는 행동

지새는달 : 먼동이 튼 뒤에 서쪽 하늘에 보이는 달

하릅 : 나이가 한 살된 개, 말, 소 등을 이르는 말

감풀 : 썰물 때는 보이고 밀물 때는 안 보이는, 비교적 넓고 평탄한 모래톱

이제 저는 잠깐 깨었다가 다시 잠드는 길고양이를 볼 때, 이른 아침 먼동이 튼 뒤 서쪽 하늘에서 달을 발견할 때, 썰물에 드러난 너른 모래톱을 볼 때 혼자 슬며시 미소 짓는 사람이 되겠죠. 누군가 곁에 있다면 말해줄지도 모릅니다. 저런 걸 그루잠이라고 한대, 이걸 감풀이라 부른대, 하고요. 바라보면서도 이름을 몰랐던 풍경을 비로소 부를 수 있는 사람이 된 것입니다.

물론 이런 기록은 해도 좋고 안 해도 좋은 것들입니다. 사실 모든 기록이 그럴지 모르죠. 하지만 시시때때로 마음이 메말라갈 때, 열어볼 기록이 있는 삶과 그렇지 않은 삶은 다를 거라 생각합니다. 그리고 세상의 좋은 것들을 발견하고 기록할 수 있다면, 우리 마음은 아주 나빠지지는 않을 거예요. 사는 게 다 그렇지 않고, 사람이 다 그런 게 아니라고 계속 손을 들어 가리키는 이야기들이 있으니까요.

＊ 기록 연습 ＊

노트 앱에 아름다움을 담당할 폴더를 하나 만들어보세요. 이제 그곳에 내 마음이 완전히 시들지 않도록 지켜줄 아름다운 이야기들, 아름다운 단어들을 담아가는 겁니다.

언젠가의 작업을 위한 영감 노트.

#영감노트

모두가 영감을 찾아 헤매는 시대, 대체 영감은 무엇일까요? 사전에선 이렇게 말합니다. "창조적인 일의 계기가 되는 기발한 착상이나 자극." 직업을 떠나서 무언가를 만들어내는 사람에게는 늘 영감이 필요합니다. 앞에서 말한 기록들이 에세이스트로서 '글을 잘 쓰기' 위해 시작한 것들이라면, 이번 기록은 콘텐츠를 만드는 에디터로서 '일을 잘하기' 위해 시작한 것입니다.

10년 동안 잡지 에디터로 종이 잡지를 만들어온 제가 현재 회사에서 하고 있는 일은 '캐릿'이라는 미디어에서 Z세대의 마이크로 트렌드를 포착하고 인사이트를 분석하는 일입니다. '요즘 뭐가 유행이지?' 궁금하다면 캐릿을 검색해주세요. 캐릿(Careet)은 당근(Carrot) 같은 정보를 발(Feet) 빠르게 전달한다는 의미로…? 앗, 또 일하는 자아에 과몰입하고 말았네요. 아무튼 본론으로 돌아가면, 때로는 기업이나 브랜드의 신제품 혹은 서비스를 홍보하기 위한 콘텐츠를 만들기도 하고요. 클라이언트를 만나 마케팅을 위한 다양한 아이디어를 논의하기도 합니다.

일하는 저의 정체성은 마디터(마케터+에디터) 혹은 에케터(에디터+마케터)에 가깝다는 생각을 종종 합니다. 그 둘은 크게 다르지 않습니다. 콘텐츠를 만드는 일도, 그 콘텐츠를 통해 미디어 브랜딩을 하는 일도, 온오프라인 마케팅을 하는 일도 결국 본질은 '사람의 마음'을 움직이는 일이니까요.

이 분야의 일을 하며 제일 많이 쓰는 단어 중 하나는 아마 '레퍼런스'일 것입니다. 레퍼런스 있나요? 레퍼런스 좀 보여주세요. 이걸 레퍼런스로 삼으면 좋을 것 같은데. 회의할 때, 동료들과 길을 걸을 때, 클라이언트를 만났을 때 그런 말을 수시로 합니다. 그런 의미에서 기록은 일하는 데 도움 될 '나만의 레퍼런스'를 스크랩해두는 가장 좋은 방식이기도 하고요.

내가 하는 일에서 누군가의 마음을 사로잡기 위해 할 수 있는 가장 쉬운 연습은 '내 마음이 사로잡혔던 순간'을 찾는 게 아닐까요. 제목을 보는 순간 꽂혀서 산 책 혹은 클릭한 콘텐츠, 이런 식으로 공간을 꾸미면 매력적이구나 생각했던 전시장이나 카페 등. 내가 좋다고 느낀 것엔 다 이유가 있으니까, 그 포인트를 기록해둔다면 다음번에 내 일을 할 때 적용해볼 수 있을 것입니다. '사람들이 뭘 좋아할까?' 보다 '나는 뭘 좋아하지?'에 집중하는 방식이겠지요. 기억에 남는 글을 쓰고 싶다면 '사람들이 어떤 글을 좋아해줄까?' 고민하는 것보다 '나는 어떤 글을 좋아하지? 어떤 글을 읽고 마음이 움직였지?'에서 출발해야 하는 것과 비슷한 이유에서입니다.

이런 기록을 하다 보면 깨닫게 돼요. 왜 우리가 선망하는 작업을 하는 예술가나 기획자들이 "영감을 어디서 얻으시나요?" 하는 질문에 "영감은 어디에나 있죠"라는 맥빠지는 대답을 해왔는지 말이에요. 실제로 그런 순간들이 일상에 무작위로 흩어져 있기 때문입니다. 출근길에 인스타그램 돋보기 탭을 눌러 보다가, 유튜브 알고리즘에 끌려다니다가, 회사 점심시간에 식당에 들어갔다가, 카페에서 잡지를 들춰보다가 어라? 하는 순간을 만난 경험, 누구나 있지 않나요? 무엇을 보고 좋다, 이런 아이디어 재밌다 느낀 순간은 기록해두지 않으면 금세 잊게 되니까 그 자리에서 사진을 찍거나 메모해두면 좋습니다. 옛날 사람들이 신문 기사를 스크랩했다면, 요즘을 사는 우리는 이런 순간을 포착해서 인스타그램 부계정이나 노션, 에버노트, 블로그 같은 온라인 공간에 스크랩해두는 것이죠.

제가 하는 영감에 대한 기록 중 두 가지를 소개하면 다음과 같습니다.

1. 아이디어의 씨앗 모으기

영감과 관련된 기록 중 가장 널리 알려진 것은 아마도 책 『기록의 쓸모』를 쓴 마케터 이승희 님의 '영감 노트'(인스타그램 @ins.note)일 텐데요. 실제로 그의 계정에 영향을 받아 영감 노트 기록을 시작한 사람들이 주변에 많습니다. 저 역시 그중 한 명이고요.

저는 그날 주운 재미난 아이디어나 마음속에 느낌표가 뜬 순간을 기록해둔다는 생각으로 비공개 계정을 운영하고 있습니다. 물론 공개 계정에 올릴 수도 있겠지만, 온라인에서도 낯을 좀 가리는지라 비공개로 기록하는 게 마음이 편하더라고요. 혼자 참고용으로 보기 위한 비공개 기록이니 저작권이나 출처 표기에서 조금 더 자유로울 수 있는 면도 있고요. 반대로 남들과 함께 보는 공개 계정을 운영한다면, 계정을 꾸준하게 관리하기 위해 신경쓰게 되니 보다 성실하게 기록해나갈 수 있을 테고, 내가 모은 영감이 다른 사람에게 또 다른 영감이 되어줄 수도 있겠죠.

'영감 노트'라고 해서 거창하게 생각할 필요는 없습니다. 모든 기록은 너무 비장해지면 부담스럽기 마련이거든요. 각자가 하는 일에 필요한 영감도, 또 나한테 영감이라 느껴지는 것도 사람마다 다르니 제한을 두지 말고, 내가 맞닥뜨리는 것 중 '오, 좋은 아이디어다' 느껴진 순간을 모은다고 생각해보세요.

저만 해도 일상에서 마주치는 다양한 상황을 기록합니다. 디자인이 참신해 눈길을 사로잡는 간판을 찍을 때도 있고, 트위터에서 본 남의 문장을 캡처해서 올릴 때도 있고, 내용과 형식이 일치해 짜릿함을 주는 책 표지를 찍어 올리기도 합니다. 어떤 점에서 눈길이 갔는지, 왜 좋다고 생각했는지 의견을 덧붙여서요. 나중에 내가 하는 일에서 어떤 발상이나 기획을 해야 할 때 도움이 될 것 같은 점을 저축하듯이 기록해두는 거예요.

트위터의 마음함이나 인스타그램의 보관 기능도 이런 방식으로 쓸 수 있지만, 내 의견을 덧붙여둘 수 없다는 단점이 있습니다. 정확히 이 포인트에서 좋았다, 다음에 이런 방식으로 응용해볼 수 있겠다, 하는 의견을 덧붙여두지 않으면 나중에 보았을 때 왜 저장해둔 것인지 잘 생각나지 않기도 하거든요.

때문에 이런 경우에도 내가 보관하거나 캡처해둔 것을 '영감 노트' 계정에 따로 올리는 과정을 거치는 게 좋습니다. 중요한 것은 같은 종류의 기록을 '한군데'에 모아두는 것입니다. 어떤 기록을 활용해야 할 때 서랍 여러 개를 뒤져서 찾는 것보다야 한 개의 서랍 속만 찾아보면 되는 게 효율적이니까요.

2. 좋은 제목과 카피 모으기

회사에서 하는 일이 주로 콘텐츠를 만들어 유통하는 일이다 보니 한 편의 글에서 제목을 뽑거나 이 기사의 한 줄 요약글, 페이스북 바닥글 등을 쓰는 일이 중요합니다. 콘텐츠가 그야말로 쏟아져나오는 세상에서 어떻게 하면 사람들이 지나치지 않고 이 콘텐츠를 보게 할지, 어떻게 관심을 끌지 늘 고민해야 하는 일이지요. 퇴근 후 다시 집에 있는 책상으로 출근해서 쓰는 에세이 역시 마찬가지입니다. 선택되고 읽히려면 각 글의 제목은 물론, 이 글들을 묶어서 펴낼 책의 제목이 무엇보다 중요하겠지요. 온라인 서점에서 목차만 보고 매력을 느껴서 산 책, 친구를 기다리다 들어간 서점에서 순전히 제목에 꽂혀 산 책 등이 아마 누구의 책장에나 있을 테니까요.

언젠가 한 카피라이팅 책에서 '지금 책상 위의 물건 하나를 들고 플리마켓에 나간다 생각하고 그 물건에 대한 카피를 써보라'는 미션을 본 뒤로 이렇게 생각하게 되었습니다. 나는 지금 '이 글을 들고 사람이 정말 많고, 물건은 더 많은 플리마켓에 나간다. 글의 제목이나 카피를 뭐라고 써두어야 사람들이 내 판매대를 지나치지 않을까? 관심을 가져주고 질문을 할까?' 그런 마음으로 내가 보고 마음이 꽂혔던 카피나 제목을 모아서 기록해둡니다. 센스 있다고 생각했던 표현, 웃음을 터뜨리게 만든 카피, 내 것이었으면 좋겠다고 생각했던 책 제목, 기어이 지갑을 열게 했던 온라인 쇼핑몰의 홍보 문구. 거기에 답이 숨어 있을 테니까요.

기록을 조금 더 확장해 지금 내가 하고 있는 일, 앞으로 하게 될 일 혹은 하고 싶은 일에 활용해보세요. 에디터나 기획자나 마케터가 아니어도 마찬가지입니다. 나중에 내 가게를 열고 싶다 생각하는 사람이라면 같은 분야의 가게를 방문할 때마다 좋은 디테일이라고 여긴 것들을 모아 기록해둘 수도 있을 것이고, 내 방처럼 잘 꾸민 블로그나 인스타그램을 운영해보고 싶은 사람이라면 내가 좋아서 방문하는 타인의 계정에서 힌트를 얻어 기록을 이어갈 수도 있겠죠. 기록은 결국 생각의 저장소입니다. 잘 기록해두면 어떤 식으로든 도움이 될 거예요.

✻ **기록 연습** ✻

'영감 노트' 혹은 '제목 노트'를 하나 만들어보면 어떨까요? 남의 좋은 아이디어를 모아서 보는 것만으로도 꽤 흥미로운 기록이 됩니다.

⁎ 예를 들면 ⁎

부계정 '영감 수집(0gam_soozip)'에 줍줍해둔 영감의 일부입니다.

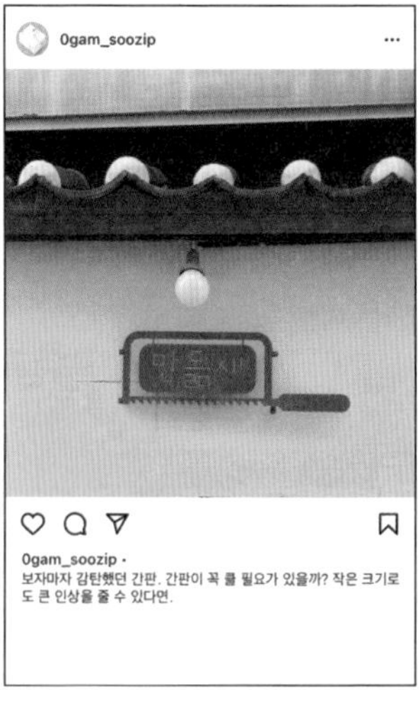

나만의
콘텐츠가 될 기록.

#아카이빙

2장에서 수집한 순간들이 개인적인 기록이라면, 조금 더 공적인 용도의(사람들과 함께 보고 공유하기 위한) 아카이빙을 할 수도 있을 것입니다. 쉽게 말하면 '이건 모으면 콘텐츠가 되겠는데?' 싶은 순간을 기록하는 것이죠.

제 친구 1은 돈가스 덕후여서 자신이 다닌 전국의 돈가스 맛집에 대한 후기를 남길 계획을 세우고 있습니다. 사주를 보러 다니는 게 취미인 친구 2는 언젠가 자신과 같은 사람들을 위해 전국의 사주집 후기 계정을 만들 거라고도 했어요. 그동안 사주를 보는 데 쓴 돈만큼이나 이 분야에서 신뢰도 높은 '영수증 리뷰어'가 될 자신이 있다고 말하면서요.

그런가 하면 이 책을 만드는 동안 출판사 식구들과 선 미팅, 후 음주 패턴으로 만나다 보니 편집주간님이 '노가리 덕후'라는 사실을 알게 되었는데요. 노가리에 대해서라면 세상 누구보다 진심인 주간님의 태도와 지식 양에 감탄한 저는 하루라도 빨리 노가리에 대한 기록을 시작하시라고 종용하기도 했습니다. 바삭 노가리와 촉촉 노가리의 차이를 설명하던 눈빛이 얼마나 빛났는지! 전국의 호프집을 순회하며 노가리의 맛을 섬세하게 판별하고 다른 노가리 덕후들에게 도움이 될 만한 기록을 항목별 별점으로 남기는 것이죠. 계정의 이름은 '고독한 노가리', '노가리 미식회', '전국 노가리 자랑', '주간 노가리'쯤 되려나요?

나의 관심 분야인데 아직 정리된 정보가 없다(혹은 내가 원하는 방식의 정보가 없다) 싶으면 여러분이 바로 그 분야의 첫 번째 기록가가 될 수도 있습니다. 혹은 내가 좋아서 하는 기록을 통해 사람들이 이 주제에 더 관심을 갖게 되면 좋겠다, 하는 마음으로 시작할 수도 있겠죠.

인스타그램에서 만난 계정 중 아카이빙의 측면에서 반가웠던 기록들엔 이런 것이 있습니다.

#더노포페이스 @thenopoface

눈치채셨나요? 더노ㅇ페이스라는 의류 브랜드명을 한끗만 다르게 쓴 이 계정은 이름 그대로 오래된 가게, 노포를 소개합니다. 두 사람으로 이루어진 노포탐험대가 운영하고 있어요.

평소 노포에 다니는 걸 즐기던 두 사람은 이 탐험의 결과를 기록으로 남겨보면 어떨까 이야기하다 인스타그램 계정을 만들었다고 해요. 산 모양 이모지로 평점을 남기는 위트도 귀엽습니다.

#간판.zip @sign.zip

2011년부터 사라져가는 오래된 한글 간판들을 필름 카메라로 기록해온 계정 주인이 그 간판들을 아카이빙하는 곳입니다. "누군가 의미를 담아 이름을 만들었다면 그 뜻을 궁금해하는 사람도 있어야 하는 것이 아닐까. 그래서 내가 간판을 읽는 독자가 되기로 했다"고요. 필름 사진이 지닌 향수 어린 분위기에 취재해 덧붙이는 간판에 실린 사연까지 더해져 보는 즐거움이 두 배입니다. 이 기록은 『사라지지 않는 간판들』이라는 책으로도 출간되었습니다.

#무자극연구소 @msg_balance
페이스북 페이지로 널리 알려진 '무자극 콘텐츠 연구소'는 인스타그램에도 계정이 있습니다. "자극으로 가득 찬 세상에서 조금이라도 무자극의 여유를 느끼길 바라는" 취지에 맞게 주변 일상에서 지극히 무자극인 요소들을 포착해 올립니다. '햇볕을 받고 있는 벽돌입니다' '낙엽을 담아두는 자루입니다' 하는 식으로요. 사람들이 무자극 이미지들 속에 편히 쉬어갈 수 있길 바라면서 일부러 감정과 의견을 배제한 캡션을 달고, 사진도 특별한 보정 없이 올린다는데요. 그래서인지 이곳에 들어가면 묘하게 마음이 평온해지고 슬며시 미소를 짓게 됩니다.

자신의 관심 분야에서 시작해 이런 기록을 지속해나가면 콘텐츠 선점 효과도 있고, 나중에 그것이 어떤 형태로든 자기만의 콘텐츠가 될 가능성이 커집니다. 온라인 공간에 내가 상시로 열어둔 전시라고 생각하면 어떨까요. 이 계정은 나의 작은 미술관이고, 내가 전시해둔 것들을 구경하고 둘러보러 사람들이 찾아오는 거예요. 그들은 좋아요를 누르거나 댓글을 남기거나 '나도 이런 기록을 한번 해봐야겠다' 생각하고 돌아가 자기만의 기록을 시작하겠죠.

저는 『좋아하는 걸 좋아하는 게 취미』라는 책에서 '동네 식물 수집'에 대해 쓴 적 있습니다. 동네 친구가 있고 동네 맛집이 있듯이 동네를 산책하다 마주치는 식물들을 그렇게 부른 것인데요. 옛날 주택 대문 위에, 담벼락 아래에, 2층 창가에 누군가 정성 들여 키우고 있는 화분들을 보면 그냥 지나치지 못하고 꼭 사진을 찍곤 하거든요. 그렇게 꾸준히 남겨둔 기록이 이 책에서 한 편의 글이 되었습니다. 여기서 그치지 않고 앞으로 찍게 될 화분 사진들을 '#동네식물'이라는 이름으로 인스타그램에 아카이빙해보면 어떨까 생각하고 있습니다.

참고로 인스타그램 부계정은 최대 다섯 개까지 추가할 수 있습니다. 언뜻 많은 것 같지만, 일상 계정 외에 꼭 하고 싶은 기록 다섯 가지를 고르다 보면 금세 차기도 해요.

* 기록 연습 *

나에게 돈가스나 노가리 같은 존재는 무엇인가요? 간판이나 화분처럼 자주 찍는 소재가 있다면요? 그것을 모아둔 기록이 사람들에게 유용한 정보가 되길 바라는지, 내가 느낀 것과 비슷한 정서를 불러일으키길 바라는지도 한번 생각해보세요. 계정만 만들어두고 당장 시작하지 못해도 좋으니, 나만의 콘텐츠로 꾸준히 아카이빙할 만한 소재를 찾아보는 겁니다.

＊ **예를 들면** ＊

#동네식물수집

정릉동, 낮에는 늘 닫혀 있는 포장마차 앞 화분들

잠실동, 지금은 사라진 아파트, 누군가의 창문

공덕동, 미용실 앞의 정겨운 화분들

신수동, 집 앞 계단을 온통 화분으로 꾸미는 마음

신수동, 허브장인이 살고 있는 게 틀림없다

신수동, 지나던 걸음을 붙잡은 화분들의 모임

정릉동, 화분을 보며 드나드는 오래된 빌라 입구

기록하는 법, 네 번째.

사랑을 남겨두기로 했습니다.

무엇을 기록해야 하냐고요?
지금 사랑하고 있는 것들을
기록하세요.

우리가 사랑한 모든 것은
언젠가 사라질 테니까요.

하지만 우리는
기억할 수 있습니다.
기록해두기만 한다면요.

누군가를 위해 쓴 아름다운 일기들.

세상엔 가끔 내가 아닌 다른 누군가를 위해 기록하는 이들이 있습니다.

『제가 이 여자랑 결혼을 한번 해봤는데요』라는 독립출판물은 결혼 후, 평소 엉뚱한 말과 행동을 잘하는 아내를 남편이 18개월 동안 관찰하여(?) 글과 그림으로 기록한 책입니다. "다시는 돌아오지 않을 우리의 한때, 그러니까 조금은 덜 싸우는 신혼 시절을 기록하고" 싶었다고요. 두 사람이 만나 함께 쌓아가는 시간은 그게 언제든 '다시는 돌아오지 않을 우리의 한때'가 되기 마련입니다. 저는 이 책이 마치 아내를 위해 오래 준비한 선물 같았어요. 이건 그냥 일기가 아니라 한 사람의 마음이 보낸 시간이기도 하니까요.

그래서인지 책을 보고 난 후 '아, 강과 나도 함께 살던 초반의 1, 2년을 기록해두면 재미있었을 텐데' 싶었습니다. 우리 두 사람만 아는 농담, 아직도 웃게 되는 일화, 때때로 뭉클해졌던 말들. 그런 것을 기록해두었다면 두고두고 함께 펼쳐보는 '우리의 한때'가 되었을 테니까요. 그런 의미에서 이 책은 이제 막 함께 살기로 한 지인들에게 선물하기에도 좋아요. 다른 사람의 기록을 보면 나의 기록을 하고 싶어지니까요. 평범한 일상을 기록하기로 마음먹고 나면, 두 사람이 지금부터 함께 보내게 될 시간을 조금 더 촘촘히 바라보게 될 것입니다.

그런가 하면 김하나 작가의 산문집 『힘 빼기의 기술』에도 근사한 선물이 등장합니다. "내가 살면서 가장 많이 읽은 책은 『빅토리 노트』다"라는 문장으로 글은 시작돼요. 『빅토리 노트』는 작가의 어머니가 그를 낳던 날부터 꼬박 5년간 쓴 육아일기입니다. 대학에 떨어져 상심하고 있던 열아홉의 딸에게 엄마는 원래 스무 살 생일에 주려던 것인데 지금 힘든 시기이니 좀 '땡겨서' 주는 거라며 한 권의 노트를 건넵니다. 작가의 짐작처럼 엄마는 아마 이 노트를 20년간 혼자만 아는 곳에 숨겨놓고, 이사 갈 때도 비밀리에 챙겨 다니셨겠죠? 내용은 또 얼마나 귀엽다가도 뭉클한지 몰라요.

12월 29일

하나가 태어난 지 2주일이 됐다. 아직 여행하기에는 무리였지만 아빠 혼자 지내기가 곤란했기 때문에 부산으로 왔다. (…) 하나는 아마 여행을 가장 빨리 시작한 아이일 거야.

5월 14일

"엄마 내가 빤스 입었다" 하며 팬티를 입은 게 신통한 모양이다.

기차가 강만 지나가면 "낙동강이다"하고 소리를 질러대더니 진짜 낙동강을 보곤 "바다네" 한다.

1월 12일

요즈음 와서 부쩍 하나가 어리광이 늘어 (…) 자다가도 깨어서 찾는 바람에 엄마가 잠을 깊이 잘 수가 없구나. (…) 아빠하고 엄마하고 작은 방에 있을 때 문소리가 나면 "온다, 또 온다"며 둘이서 마주보고 웃는단다. 요새는 오빠 춥다고 방문을 정확히 닫고 캄캄한 마루를 지나 우리 방 문을 연 뒤 또 정확히 닫고 내 품속으로 들어와서 목을 끌어안는구나.

만면에 미소를 띠고 읽게 되는 나머지 일기들은 꼭 책에서 찾아보시길. 그 후로 『빅토리 노트』를 늘 머리맡에 두고, 생일날마다 꺼내어 읽어본다는 김하나 작가는 이렇게 말합니다.

기억하지 못하는 나의 가장 처음 5년이, 아니 그 이상의 인생이 내게 생겨난 것이다.

저는 이 이야기를 다시 들춰볼 때마다 언젠가 나도 누군가를 위해 몰래 기록을 남겨두는 사람이 되겠다고 다짐하곤 합니다. 시간을 쌓는다는 것은, 마음을 쌓는 일과 같아요. 무엇보다 그렇게 쌓인 마음은 힘이 강해서, 우리를 지켜줍니다. 생의 어떤 바람에 휘청거리게 되더라도 다시 두 발을 딛고 굳건히 설 수 있도록요.

앞서 말한 에세이에서 김하나 작가는 『빅토리 노트』를 두고 이렇게 말합니다. "평생 받은 그 어떤 선물보다도 근사하며, 내 생일을 두고두고 자축할 수 있는 단단한 근거"라고. 사랑받은 기억이 우리를 살아가게 합니다. 그건 아무리 시간이 흐른대도 달라지지 않는 진실이에요.

지금의 내가 무사히 생을 살아내고 있다면, 그건 기억나지 않는 최초의 시간들, 먹고 자고 싸는 것밖에 하지 못하는 나를 누군가가 정성으로 기르고 보살폈다는 것입니다. 저는 가끔 그 시간이 놀라워요. 송아지는 태어나자마자 이내 바로 서곤 하는데, 사람은 제 발로 서기까지 꼬박 6개월이 걸린다니 어째서 그렇게 더딘 걸까요! 그런데 그 시간을 인내와 애정으로 기다려주는 사람이 있다니.

다 자란 우리가 혼자 있는 시간의 고독을 잘 견디는 사람이 되었다면, 그건 언젠가 내가 나여도 충분하며, 노력하거나 변하지 않아도 사랑받을 만한 존재라는 걸 가르쳐준 친구나 연인이 있었기 때문이에요. 한 사람이 다른 한 사람에게 준 마음은 그렇게 힘이 강합니다. 시간은 흘러도 마음은 남아 우리를 지켜주니까요.

한 사람을 살게 하는 기록이라니,
저도 언젠가는 그런 기록을 꼭 해보고 싶어요.

* **기록 연습** *

어느 날, 내가 아닌 다른 누군가를 위해 기록을 시작한다면 그 대상은 누가 될까요? 가족이나 친구, 연인, 반려동물이나 식물이 될 수도 있겠죠. 오늘은 잠들기 전 조용히 어둠 속에 누운 채로 저마다 그 답을 떠올려보기로 해요.

사랑하는 이들의 목소리, 걸음, 미소를 기록하기.

언젠가 친구의 친구가 이런 말을 전해준 적 있어요. 예전에 쓰던 낡은 폰을 버리지 못하고 있는데, 거기 돌아가신 엄마와 주고받은 메시지가 남아 있기 때문이라고요. 그걸 볼 때마다 엄마 목소리가 몹시 그리운데, 시간이 흐를수록 엄마 목소리가 어땠는지 희미해진대요. 그 긴 세월 동안 동영상 하나 찍어놓지 않은 게 너무 후회된다고요.

그리고 당부하듯이 말했어요. 메시지에도, 사진에도 '목소리'는 남아 있지 않으니 부모가 살아 있을 때 꼭 영상을 찍어두라고요. 어제와 다를 것 없는 평범한 일상, 나를 부르는 심상한 목소리, 무릎을 짚으며 일어날 때 "끙차" 소리 내는 습관, 밥 더 먹으라고 하는 잔소리, 남들과 미묘하게 다른 걸음걸이…. 그런 게 사무치게 그리워지는 날이 온다고.

그 얘길 전해 듣는 동안 곰곰이 엄마 목소리가 어땠더라? 떠올려보았어요. 어떤 느낌이라고 설명하기도 힘들뿐더러 내 마음속에서만 파동을 일으키는 그 목소리를 붙잡아두고 기억한다는 건 정말 어려운 일일 거란 생각이 들더군요. 하물며 엄마가 어떻게 걷는지, 보폭이 좁은지 넓은지, 대화 사이사이 자주 쓰는 단어가 무엇인지, 잘 때는 어떤 자세를 가장 편해하는지, 아무것도 모르겠더라고요. 만일 이런 게 시험 문제로 나왔다면 저는 빵점을 받을 게 분명했어요.

그 후로는 새로운 습관이 생겼습니다. 시골의 부모님 집에 다녀올 때마다 짧은 영상을 한두 개 찍는 거예요. 사진 찍는 것을 좋아하고 또 사진에 오래 익숙해져 있었던 탓인지 스마트폰을 사용하게 된 후로도 동영상 버튼에는 쉽게 손이 가지 않았는데요. 막상 영상으로 남겨두었을 때 거기 얼마나 많은 것들이 담기는지 요즘엔 자주 놀라곤 합니다.

한 번씩 큰 파도 같은 바람이 불어오면 시골집 주변을 감싼 소나무들이 일제히 흔들리며 내는 소리들. 그 사이사이로 파고드는 아빠의 경운기 소리, 대박이가 왕왕 짖는 소리, 엄마가 손수레를 끌고 가며 내는 마찰음, 밭둑에 서서 나를 부를 때 엄마의 씩씩한 목소리, 화내는 게 전혀 아니지만 화내는 것처럼 들리는 경상도 사투리, 해가 지면 합창하듯 시작되는 개구리 울음소리….

서울로 돌아오는 길에, 혹은 시간이 한참 지난 뒤 침대에 누워 앨범을 뒤적이다가 그 영상을 재생하는 것만으로 그 공간, 그 시간으로 돌아가는 듯한 기분이 들곤 했어요. 거기, 살아 움직이는 것들이 가만히 고여 언제고 저를 기다리고 있는 것 같았거든요. 제가 재생만 한다면, 몇 번이고 같은 모습을 보여줄 수 있다는 듯이.

할머니가 기억을 점점 잃어가면서부터는 종종 할머니의 지금을 기록해둡니다. 카메라를 들면 “사진 찍나?” 하고 물으시기 때문에 그냥 할머니와 있을 때 영상을 켜둔 휴대폰을 어딘가 걸쳐두는 거예요. 할머니는 그 속에서 말하고 움직이고 저를 염려합니다. 다 잊어도 나는 잊지 않는 할머니. 어려서부터 한방을 썼고, 할머니는 해마다 아랫목에서 메주를 띄우곤 했기 때문에 저는 그 냄새가 옷에 밴다고 싫어했어요. 오빠 앞으로 불고기 접시를 밀어주는 걸 보았을 때는 할머니를 미워하겠다고 마음속으로 다짐하기도 했죠. 하지만 생신 선물로 써드린 ‘패랭이꽃’이란 시를 몇 년 동안 멀거나 가까운 친척들에게 자랑하는 것을 볼 때, 누구네 잔칫집에 가면 나 먹으라고 떡 같은 걸 손수건에 싸서 가져오실 때, 할머니의 사랑은 너무 분명해서 저는 미워하기로 한 마음을 곧잘 까먹곤 했습니다.

기록해둔 영상 속에서 할머니는 “거 가마이 앉아 있으라” 말하고선 달달한 커피를 타다 주고, 서울 가면 밥에 넣어 먹으라고 반질반질한 콩을 골라주고, 아빠 몰래 숨겨둔 달걀(시골집 닭들은 푸르스름한 빛을 띠는 ‘청란’을 낳는데 귀한 편에 속해서 집에 손님이 올 적마다 아빠는 그걸 자꾸 베풀었나 봅니다. 아침마다 닭장에서 달걀을 꺼내오는 게 일과인 할머니가 식탁 밑 소쿠리에 숨겨둔 것까지도요! 할머니는 아빠를 괘씸해하며 한껏 흉을 보면서 저에게만은 그 소쿠리의 귀한 달걀을 다 덜어줍니다. 사랑받고 있는 것이 분명해요. 달걀 꺼내 가는 아들은 도둑놈이지만, 손녀는 말라빠진 서울 가시내인 것입니다)을 챙겨줍니다.

아빠를 흉보는 할머니의 모난 말투가 재미나서, 내게는 아무것도 아까워하지 않는 주름진 손이 애틋해서, 저는 그 영상을 자꾸자꾸 틀어봅니다.

그러고 있으면 먼 미래에서 다 울고 난 얼굴의 내가 그런 생각을 하는 게 보입니다. 나는 두 개의 인생을 살 뻔했다고. 할머니의 영상을 남겨둔 인생과 남겨두지 않은 인생. 엄마 아빠의 바지런한 하루를 찍어둔 인생과 찍어두지 못한 인생. 전자가 훨씬 다행스럽지 않으냐고. 그러니까 이제 그만 울고, 지금 할 수 있는 일을 하라고. 인생은 늘 그런 식으로 우리를 가르치는지도 모르겠어요.

두 달에 한 번 정도 시골집에 가는 셈이니 1년이면 고작 여섯 번. 100세 시대를 믿는 마음으로 부모님이 앞으로 서른 해는 더 건강하실 거라 여겨도, 180번 정도. 만나는 날을 하루로 치면 고작 반년밖에 안 되는 시간입니다. 반년이라니요. 우리 앞에 놓인 시간을 그렇게 셈하면 지금 잘못 살고 있다는 기분이 들 정도입니다. 아마 할머니를 볼 수 있는 시간은 더 짧겠죠. 부모님 집에 갈 때마다 4인 가족의 셀카를 남겨둔다는 친구 얘기가 생각납니다. 이렇게 다 같이 모여 사진을 찍을 수 있는 날이 너무 적을 거라는 예감이 들어서라고요. 엄마와의 통화를 가끔 녹음해둔다는 친구도 있습니다. 그러고 보면 모든 기록에는 '지금뿐인 지금'을 놓쳐서는 안 된다는 간절함이 배어 있는지도 모르겠어요.

무엇을 기록해야 하냐고요?
지금 사랑하고 있는 것들을 기록하세요.
우리가 사랑한 모든 것은 언젠가 사라질 테니까요.

하지만 우리는 기억할 수 있습니다.
기록해두기만 한다면요.

*** 기록 연습 ***

이번 주엔 사랑하는 누구든 영상으로 담아보세요. 헤어지고 나서 전철역으로 들어가는 친구의 뒷모습, 국수를 끓이는 엄마의 옆모습, 곤히 자는 반려묘의 숨소리. 지금 내 곁에서 생생히 살아 숨쉬고 움직이는 모습, 언젠가 사무치게 그리워질 모습을요.

⁎ **예를 들면** ⁎

아흔의 할머니와　　　　　　　아흔셋 외할머니

가족의 삶을 인터뷰하기.

마스다 미리의 산문집 『영원한 외출』에는 살날이 얼마 남지 않은 아버지의 지난 인생 이야기를 들어두고자 어색한 인터뷰를 시작하는 일화가 나옵니다. 퇴원 후, 자는 것과 먹는 것이 일과의 전부이던 아버지는 "아버지 어린 시절 얘기를 취재해보고 싶은데요"라는 딸의 한마디에 갑자기 생기를 띠며 이야기를 시작합니다.

체육복도 살 수 없을 만큼 가난한 생활이어서 체육 시간에 부끄러웠던 것. (…) 쌀밥 도시락을 들고 일하러 가는 형이 부러워서 빨리 일하고 싶다고 생각한 것. (…) 아버지에게 어린 날의 가난은 지금도 강렬한 이미지로 남아 있었다. 기껏 밝은 화제를 꺼내도 배고팠던 추억 쪽으로 흘러간다. 아버지 인생에서 아무리 얘기해도 부족했던 것이다. (…) 그날 밤, 내 메모가 따라가지 못할 정도로 아버지는 많은 얘기를 했다.

"그럼 오늘은 여기까지." 내가 노트를 덮자, 아버지는 천천히 걸어서 침실로 사라졌다.

– 마스다 미리, 『영원한 외출』

마스다 씨는 도쿄로 돌아가 아버지의 이야기를 정리한 다음, 인쇄해서 우편으로 보냅니다. 이런 이야기의 조각들을 모아 최종적으로는 작은 책자를 만들어 선물하겠다는 생각을 하면서요. 그로부터 일주일 뒤, 다시 본가에 들른 마스다 씨가 TV를 보며 식사를 하고 있는데 아버지가 방에서 나옵니다. 잠옷이 아니라, 셔츠와 바지로 갈아입고서요.

편의점에 담배라도 사러 가는 건가 싶은 차림이다. 얼굴에는 미소가 가득했다. 테이블에 앉아, 이미 얘기할 준비만만. 그 때문에 옷을 말끔하게 갈아입었구나. 깔끔하게 철한 프린트물이 마음에 들었던 모양이다. 나는 식사도 대충 하고 수첩을 꺼내서 아버지의 옛날이야기를 듣기로 했다. 처음 듣는 이야기가 대부분이었다.

– 마스다 미리, 『영원한 외출』

이야기를 이어가고 싶어 일주일 동안 딸이 오기를 기다렸을, 셔츠와 바지를 단정히 입고서 자세를 가다듬었을 마스다 씨의 아버지를 생각하면, 어쩐지 지금 꼭 해야 할 일을 하지 않고 있다는 생각이 들었습니다. 이 책을 읽고 난 후 또 하나의 '기록 계획'이 생긴 건 자연스러운 일이었어요. 엄마, 아빠, 할머니가 살아온 세월을 틈틈이 묻고 들어서 기록해두겠다는 계획이었습니다. 생전 처음 듣는 질문 앞에서 나의 가족들도 마스다 씨의 아버지처럼 생기를 띠며 이야기를 시작하게 될까요? 어떤 기억에선 화를 내고, 어떤 기억에선 웃거나 울기도 하면서 먼 옛날을 어제인 양 생생하게 들려줄까요?

마주 앉은 우리 사이에 이야기가 흐를 때

가족은 너무 가까워서(어쩌면 그렇다고 믿기 때문에) 묻지 않는 것이 많습니다. 내 나이 때는 어떻게 살기를 꿈꾸었는지, 무엇이 가장 서러운 기억으로 가슴속에 맺혀 있는지, 지금도 눈을 감으면 종종 생각나는 그리운 풍경이 있는지…. 두어 달에 한 번씩 만나면 밥을 먹고 헤어지기 바쁜 나의 가족들에게, 지금껏 한 번도 묻지 않은 것들을 묻고, 한 번도 들어본 적 없는 이야기를 듣고 싶었어요. 그런 인터뷰를 하게 된다면 시작은 엄마일 거라 생각했습니다. 하지만 가족이란 '이야기'를 앞에 두고 마주 앉기엔 아무래도 어색한 사이여서, 그 계획은 책을 읽고 2년이 지난 뒤에도 여전히 '언젠가' 할 일로 남아 있기만 했습니다.

정작 엄마의 이야기를 들으러 먼길을 찾아온 것은 다른 이의 딸이었습니다. 매일 밤 한 편의 글을 메일로 보내주는 구독 서비스 〈일간 이슬아〉의 발행인 이슬아입니다. 지난여름, 〈일간 이슬아〉에는 사흘에 걸쳐 저의 엄마이자 40년을 농사일에 몸담아온 농업인 윤인숙 씨의 인터뷰가 실렸습니다. 첫 직장의 후배였던 슬아와 저는 이 인터뷰를 '버쏘공(버섯이 쏘아 올린 작은 공)'이라 불렀는데요. 엄마가 슬아에게 어떤 고마움을 담아 직접 농사지은 표고버섯 한 박스를 보냈고, 그 버섯을 한 달 내내 먹던 슬아가 이것을 길러낸 인숙 씨가 궁금하다며 인터뷰를 청했기 때문이에요.

인숙 씨는 평생의 대부분을 시골에서 보냈고, 스물셋에 결혼한 후로 쭉 농사를 지으며 살아온 사람입니다. 인터뷰라니, 그런 것을 상상해본 적도 없을 거예요. 저는 걱정되는 한편 이 인터뷰 요청이 고마웠습니다. 그건 누군가가 처음으로 인숙 씨를 주인공으로 만들어준 일이었으니까요.

슬아는 그녀의 글에도 종종 등장하곤 하는 엄마 복희 씨, 그리고 사진을 찍어줄 친구 소진 씨와 함께 시골집을 찾았습니다. 복희 씨가 온 건 무척 다행한 일이었습니다. 인터뷰 질문에 답하던 인숙 씨는 어느 순간부터 복희 씨를 보며 이야기하기 시작했으니까요. 말로 다 할 수 없는 긴 세월을 이해할 수 있는 건 이 자리에 그녀밖에 없다는 듯이. 평생 다른 삶을 살아오다 반나절 만난 두 여자 사이에는 딸들은 모를 어떤 이해의 강이 흐르는 것 같았습니다.

그리고 저는 그날, 그동안 듣지 못했던(어쩌면 물어본 적 없어 답해줄 일 없었던) 많은 이야기를 들었습니다. 스물두 살의 엄마가 대구에서 섬유 공장에 다녔다는 것. 못 배운 게 한이 되어서 야학이라도 다니려고 고향집으로 돌아왔을 때, 외할아버지가 '나이 꽉 차서 여자가 무슨 공부냐, 시집이나 가라'며 아빠와 중매결혼을 시켜버린 것, 공부를 더 하고 싶었던 인숙 씨의 꿈은 그 후 중풍 걸린 시할머니 수발을 들고, 돌아서면 쌓여 있는 집안일과 농사일을 해치우는 사이 영영 멀어져버린 것, 그럼에도 매일 아침 눈을 뜨면 어제의 슬픔을 잊고 '새 마음'으로 다시 시작하려 한다는 것….

낯선 사람에게 차분히 자신의 이야기를 풀어놓는 엄마를

보며 그동안 내가 묻지 않은 것이 정말 많다는 것에 대해, 우리의 삶이 겹쳐온 시간 동안 서로 등돌린 채 감당해야 했던 마음들에 대해, 언제든 할 수 있으리라 믿는 대화는 어쩌면 영영 하지 못하게 될 수도 있다는 사실에 대해 생각했습니다. 그래서 이제는, 해야 할 일을 더 이상 미루지 않기로 했어요.

59년생 인숙 씨와 55년생 숙호 씨에게 지금껏 물어본 적 없는 것들을 적어봅니다. 이해하고 싶은 세월과, 끝내 다 이해하지 못할 한 사람의 마음에 대해 생각합니다. 내가 묻지 않는다면, 그들이 답하지 않는다면 이런 이야기는 대체 어디에 남을 수 있을까요. 그토록 많은 남의 이야기를 수첩에, 메모장에 적어오는 동안 어째서 가장 가까운 사람의 이야기는 묻지도 듣지도 않았던 걸까요.

공부가 더 하고 싶어 공장 기숙사에서 천자문을 뗐다는 한 여자의 일생과 사는 일이 마음 같지 않아 술에 취한 채로 몇 해를 보내야 했던 한 남자의 일생을 이해하고 싶어서, 그들에 대해 너무 아는 게 없어서, 저는 새로운 기록을 시작합니다.

마주 앉은 우리 사이에 이야기가 흐르겠죠.
한 번도 닿지 못한 시간에 우리는 닿을 것입니다.

＊ 기록 연습 ＊

가장 가까운 사람을 인터뷰한다는 마음으로 마주 앉는다면, 무엇을 묻고 싶으신가요. 한 번도 꺼내본 적 없는 질문, 내가 모르는 시간과 모르는 마음에 대해 묻고 싶은 것들을 적어보세요.

〈일간 이슬아〉 2020년 초여름호

ⓒ곽소진 sojinworks@gmail.com

interviewee. **김숙호(66세)**

아빠는 전역하고 집에 돌아와서부터 쭉 시골에서 농사짓고 살았잖아. 젊었을 때 시골 떠날 기회가 있었으면 어예 살고 싶었는데?

시골을 떠나는 건 생각을 안 해봤어. 내가 어릴 때 여기에도, 이 너머에도 땅이 많았어. 어릴 땐 몰랐는데 한 해 한 해 지나니까 그리로 일을 안 가. 그 들에 안 가는기라. 나중에 알았지. 웃대에 다 아파서 돌아가셨으니까 옛날에는 보험도 없지, 논 팔아서 하루 수술비밖에 안 돼. 그래 땅을 다 팔고 나중에 내 농사지을 때는 다 남의 땅에 했지. 그래서 누가 그러라고 한 것도 아니고 내가 욕심이 있어서 그런 것도 아이고, '옛날 그 땅은 찾아야 되지' 하는 게 은연중에 머리에 박힌 기라. 그래 내가 떠날 생각을 안 했지. 나가봐도 도시 생활이 영 공기가 안 맞아. 한 해는 농사짓다가 너 큰아버지가 가방 공장에 있어서 올라오라 캐가지고 그 밑에 가서 미싱을 하는데 기름 냄새가 그키 싫드라고. 남 밑에서 일할 성격도 안 되고. 그래 두세 달 있다 봄에 바로 내려왔지. 여기서는 농사만 지으면 되니까 만고 편하지. 농사짓고 사는 기 자유인인데.

아빠 인생에서 이때가 제일 행복했다 하는 순간이 있다면?

뭐어 제일 행복했을 때는 너들 둘이 낳았을 때, 신혼 때가 제일 행복했지. 그때야 뭐 열심히 살자 그 생각밖에 없을 때니까. 니가 아가 없어 아직 모른다. 부모는 자식 보고 제—일 힘을 내지. 보고 있으면 제—일 신기하고. 내 새끼 있어보면 그때가 제일 좋을 때다. 인생에 낙이 그때가 낙이지…. 자식 낳고 책임감이 생기는데, 책임감이 있으께이 또 힘이 나고. 그래 자꾸자꾸 힘을 낸다. 그땐 참 세상모르고 살았지. 열심히만 살면 다 잘될 끼다 하민서.

interviewee. **윤인숙(62세)**

엄마는 지금 두 할머니 모시느라 어데 가도 하룻밤만 자고 집에 오잖아. 지금 같은 상황이 아니다, 그카믄 뭐가 제일 하고 싶은데?

여행 가고 싶지. 엄마 환갑부터는 여행 다닐라 했는데 아빠는 농사 계속 짓자카고, 할머니 두 분도 모셔야 하고 이게 내 팔자구나 싶다. 훨훨 자유로웠다면 전국 팔도에 좋은 데들 다 다니고 싶지. 누가 어데 좋다 카면 거긴 어예 생겼나 궁금한데…. 그동안 고생만 하고 살았으니 좋은 풍경 마이 보고 좋은 거 먹고 그래 살면 좋지. 남 사는 거 구경도 좀 하고. 봉사도 좀 다니고 싶고. 얼마 전에 여 테레비에 나온 할매가 자식들한테 재산 안 물려주고 다 사회 헌납한다고 하는데, 그런 할매들 얼마나 대단하나. 니가 왜 서울에서 길만 나서면 니한테 막 길 묻고 한다 했지, 나는 그게 그키 좋다. 그런 다행이 없어. 좋은 일 마이 하고 살아. 남 돕고. 그런 게 복이라.

말 나온 김에 딸한테 우예 살아야 잘 사는 기다 한마디.

참말로 주어진 대로 살아야지. 이것도 내가 겪어야 될 과정이다 생각하면서 한바다 같은 마음을 먹고. 주어진 대로 최선을 다하고 많이 베풀고 살아. 첫째 베풀고, 둘째 열심히 살고. 딴거 없어. 살아가다 힘들면 이게 다 살아가는 과정이다 생각하고, 그보다 더 힘들면? 이게 다 팔자다 생각하면 돼. 누가 그카드노. 팔자는 바로 해도 팔자, 거꾸로 해도 팔자라고. 내 팔자려니 하고 마음을 비우고 베풀민서 살아. (갑자기) 근데 내가… 백까지 살겠나?

interviewee. 김대박(4세)

대박아, 오리고기 간식이 좋아?

소고기 간식이 좋아?

...

소중한 사람의 손글씨 모으고 기록하기.

윤인숙 : 애들 돌만 지나면 나는 밭에 가서 일했죠. 밭에 가서 신지랑 오빠랑 둘이 놀게끔 하고요. 나중에 애들 커서 학교 다닐 때는 애들이 돌아오기 전에 내가 편지를 써놔요. '엄마 지금 들에 가 있으니까 기다리지 마라' 뭐 이런 식으로 편지를 써서 돌멩이를 뚜들카놓고 가면은 애들이 안 기다리고 즈들끼리 잘 놀았어요.

이슬아 : 그때부터 편지를 쓰셨네요.

윤인숙 : 항상 메시지는 남기지요. 메모지 없으면 박스 안에다가 쓰기도 하고 달력 뒷장에 쓰기도 하고. 메모 남기는 건 습관이 됐어.

앞서 이야기한 〈일간 이슬아〉 2020년 초여름호 인터뷰에 나오는 대화의 일부입니다. 슬아가 편지에 대해 물은 건, 이전에 인숙 씨가 슬아에게 표고버섯 한 박스를 보낼 때도 다 쓴 농협 달력을 반듯하게 잘라낸 뒷면에 짧은 편지를 썼기 때문이었어요.

인터뷰에 답하는 인숙 씨를 평상에 앉아 바라보다가 새삼 깨달았습니다. 그러고 보면 인숙 씨는 제가 어렸을 때부터 늘 쪽지를 남기는 사람이었다는 걸요. 부재의 자리에 마음을 남겨두고 가지 않으면 발걸음이 떨어지지 않는 사람이었는지도 모릅니다. 어린 자식들이 잠에서 깨어 자신을 찾을까 봐, 학교에서 돌아와 텅 빈 집에서 허전해할까 봐, 함께 있어주진 못해도 늘 짧은 몇 마디를 적어두고 가곤 했어요.

'엄마 논에 간다. 부엌에 옥수수 쪄놨다.'
'학교 잘 다녀오렴. 우리 딸 믿는다!'
'냉장고에 반찬 꺼내 먹어라. 엄마 아빠 오늘 들에서 늦게 온다.'

자라는 동안, 늘 엄마의 쪽지가 집 안 어딘가에 놓여 있곤 했습니다. 오빠와 저는 그걸 한쪽으로 치운 채 옥수수를 먹고 밥을 꺼내 먹고 더러 싸우다가 울기도 했을 거예요. 해가 지고 엄마만 들어오면 일러바치겠다고 부루퉁한 채로 기다리다가 먼저 잠이 들곤 했겠지요.

다 자라 서울로 떠난 딸 앞으로 택배를 부칠 때도 인숙 씨는 절대 그냥 보내는 법이 없습니다. 급하면 옆에 뒹구는 아무 종이, 농약사 영수증이나 고지서 봉투, 농어민 신문의 빈 구석, 그마저도 없을 땐 종이 박스 뚜껑 안쪽에라도 몇 마디를 적어 보내는 게 인숙 씨입니다. 가끔은 반찬통에도 이름이 적혀 있어 깜짝깜짝 놀랍니다. 아마 오빠와 저에게 보낼 반찬을 구분하느라 그랬겠지요. 어느 날은 깻잎 장아찌가 '신지'였다가, 어느 날은 검은콩조림이 '신지'였다가, 어느 날은 호두를 넣은 멸치볶음이 '신지'였다가 합니다. 반찬통을 비우거나 설거지를 할 때 매직으로 써서 지워지지도 않는 그 이름을 보며 한 번씩 웃곤 합니다. 언제까지 저는 '신지' 통을 받을 수 있을까요.

알뜰한 종이에 굵은 매직이나 사인펜 같은 것으로 써내려간 무뚝뚝하고도 다정한 쪽지를 볼 때면 인숙 씨의 주름진 손을 떠올립니다. 옆에 택배 기사님을 세워두고 급히 몇 마디를 적어 내려갔을 마음에 대해서도요. 그게 사랑이 아니라면 무얼까요. 어려서는 늘 못된 속을 뒤집어 보여주듯이 '엄마처럼 살지 않겠다'고 말했지만, 지금은 종종 생각합니다. 나는 결코 따라잡지 못할 거라고요. 어떻게 살아도 인숙 씨만큼은 살아내지 못할 거예요.

이것은 기록이라기보다 수집에 가깝겠지만, 앞으로 인숙 씨의 쪽지를 모두 모아두기로 마음먹었습니다. 언젠가 더 이상 쪽지를 받을 수 없게 되는 날이 올 테지만, 남아 있는 쪽지들이 있다면 내내 기억할 수 있을 거예요. 내가 햅쌀로 지은 밥을 먹고 다니는지, 제철 과일을 챙겨 먹고 있는지, 고구마를 제대로 보관할 줄 아는지, 옷은 따뜻하게 입고 다니는지, 보일러를 틀어도 집이 춥지는 않은지… 멀리서 늘 걱정하고 신경써준 사람이 있었다는 걸. 내내 사랑을 적어 보내준 사람이 있다는 걸.

그러니 삶에 어떤 일이 생기더라도, 누가 뭐라고 날 선 소리를 하더라도, 사람들이 다 등을 돌리더라도, 그것만 기억한다면 씩씩하게 살아갈 수 있을 거예요. 굵은 매직으로 쓴, 사랑에 대한 확신밖에 없던 그 글씨처럼요.

＊ 기록 연습 ＊

여러분에게도 남겨두고 싶은 누군가의 손글씨가 있나요? 몇 개라도 모아보세요. 꾹꾹 적어 내려간 글씨 속에는 보이지 않는 것들이 담기기 마련이니까요.

*** 예를 들면 ***

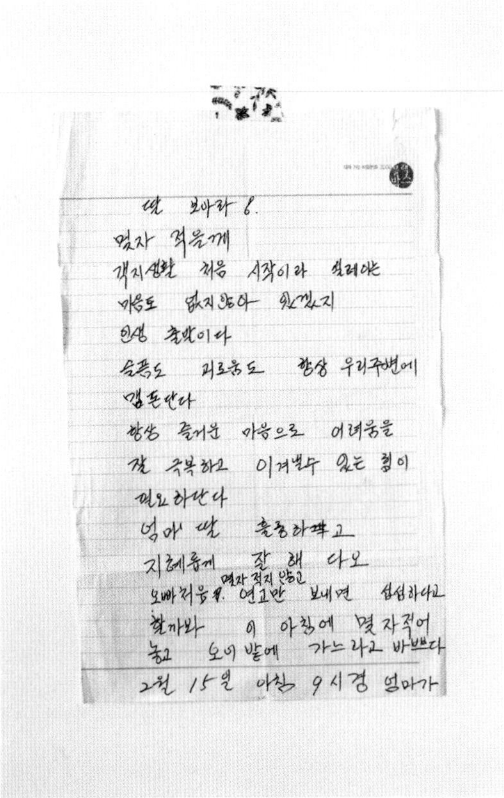
딸 보아라 6.
몇자 적을께
객지생활 처음 시작이라 설레이는
마음도 없지않아 있겠지
인생 출발이다
슬픔도 괴로움도 항상 우리주변에
맴돈단다
항상 즐거운 마음으로 어려움을
잘 극복하고 이겨낼수 있는 힘이
필요하단다
엄마 딸 훌륭하고
지혜롭게 잘 해 다오
오빠처럼 몇자 적지 않고 연고만 보내면 섭섭하다고
할까봐 이 아침에 몇 자적어
놓고 오이 밭에 가느라고 바쁘다
2월 15일 아침 9시경 엄마가

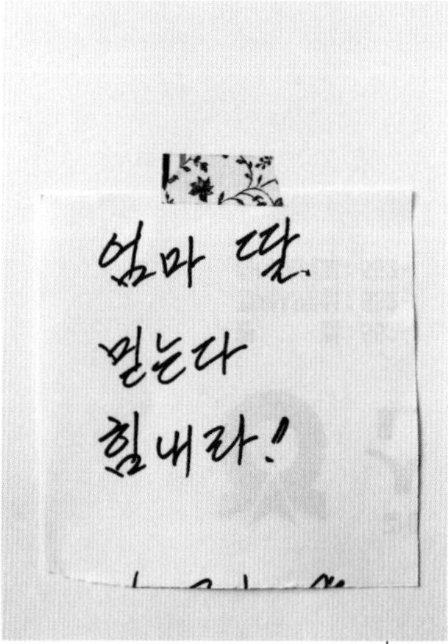
엄마 딸,
믿는다
힘내라!

기록은 어디까지나 즐거워야 하니까.

에필로그니까 좀 솔직해져도 되겠죠. 저에게는 실패한 5년 다이어리가 한 권 있습니다. 2012년 새해부터 야심 차게 쓰기 시작했지만, 아니나 다를까 듬성듬성 이가 빠진 기록들을 하게 되었고, 그럼 또 그게 보기 싫어서 일기 쓰기를 더 미루게 되곤 했어요. 한동안 저는 그 일기장을 필사적으로 피해 다녔습니다. 그건 일상의 기록이 아니라 나약함의 기록이었으니까요! 평생을 변치 않는 나의 '작심삼일력'과 나약한 의지와 끈기 없음을 그토록 생생하게 증언하는 기록이 있다니.

그런데 8년이 지난 지금 펼쳐보면, 5년 다이어리는 조금 다른 말을 합니다. 2012년 4월 13일엔 봄꽃을 찾아 군산 여행을 떠났…지만, 군산의 날씨는 아직 한겨울이었군요. 실망한 저는 마트에서 보드카 한 병을(왜였을까요) 사서 숙소에서 마셨고, 다음날 숙취에 시달리며 월명공원을 산책했다고 합니다. 2013년 2월 3일엔 눈 내린 한라산을 찾아갔네요. "한라산을 간당간당한 LPG로 올라간당간당(…)"이라고 적혀 있습니다. 야심 차게 준비해간 아이젠은 눈이 녹아 별 소용없었고, 대신 신나게 눈썰매를 탔다고 해요. 2014년 6월 22일엔 갓 태어난 첫째 조카를 보러 서울에 올라온 엄마가 저의 작은 자취방에 머물다 간 기록이 있습니다. 밤에는 엄마와 막걸리를 마시며 옛날이야기를 했고, 이튿날 아침엔 함께 집 앞 개천을 걸었다고요. 엄마와 보낸 그런 하루도 있었구나. 그건 정말 까맣게 잊고 있던 기억이라 조금 놀라고 맙니다.

어떤 해는 3월이 통째로 비어 있고 어떤 해는 거의 일기를 쓰겠다는 생각이 없어 보이는 그 다이어리에도, 기록해두니 기억하게 된 일상의 조각들이 있습니다. 그러니 맨 앞의 저 문장은 고쳐 써야겠어요. 저에게는 쓰다 만 5년 다이어리가 한 권 있습니다, 라고. 이 기록은 결코 실패가 아닐 테니까요.

이런 고백을 하는 건, 어떤 기록이든 결코 숙제처럼 여기지 말았으면 하는 마음을 전하고 싶어서입니다. 작정하고 글이 끝날 때마다 숙제를 내던 사람이 할 말은 정말 아닌 것 같지만, 기록은 어디까지나 즐거워서 하는 일이어야 합니다. 나를 위한 일이니까요. 평범한 일상을 특별히 소중하게 여기기 위해, 오늘을 미래로 부쳐두기 위해, 내 인생의 순간들을 간직하기 위해 우리는 기록을 다짐합니다. 그러니 완전한 기록을 남겨야 한다는 생각에 부담을 가질 필요도, 스스로와의 약속을 지키지 못했다는 생각에 너무 스트레스를 받을 필요도 없어요. 아니, 제발 그러지 않기를 바랍니다. 무리하지 않고 낙담하지 않아야 꾸준할 수 있으니까요. 내가 잘하고 있는 걸까? 내 기록이 좋은 기록일까? 그런 고민도 하지 말았으면 합니다. 100점을 맞으려고 시작한 기록이 아니니까요. 내가 좋아하는 것을, 내게 편한 방식으로 기록하되, 오로지 나의 즐거움을 위해 지속하세요.

'그런 건 다 알겠는데, 대체 기록은 왜 이렇게 어려운 걸까요?' 물으신다면 기록에 관한 한 제가 아는 가장 정확한 문장을 들려드리는 수밖에 없겠네요. 임진아 작가의 에세이 『빵 고르듯 살고 싶다』에 나오는 문장입니다.

> 기록은 쉽다. 하지만 기록하지 않는 건 더 쉽기에
> 언제든 이미 지나쳐버린 마음으로 살게 된다.

단순한 진실이에요. 기록은 쉽지만, 기록하지 않는 건 더 쉽기에 하지 않거나 못 할 뿐입니다. 그러니 올해는 조금만 덜 쉬운 쪽을 선택해보기로. 어디서 본 건지 기억나진 않지만(기록해두었어야 했는데 말이에요!) 제가 기록하는 데 지칠 때면 한 번씩 떠올리는 문장이 있습니다. "지구가 생긴 이래 같은 날씨는 한 번도 없었다." 우리가 태어나 지금껏 사는 동안, 같은 날씨는, 같은 하루는 한 번도 없었어요. 그런 생각을 하면 오늘을 어떻게든 남겨두고 싶어집니다.

기억하시나요? 어떤 기록을 시작하든 '시간이 쌓인 기록은 그게 무엇이든 귀해질 수밖에' 없습니다. 삶이란 건 원래 한 사람에게만 일어나는 이야기니까요. 무엇이든 기록해보세요. 매일 기록하는 사람은 하루도 자신을 잊지 않습니다. 그건 곧, 하루도 자신을 잃어버리지 않는다는 말과 같아요.

그래도 시작이 막막하게 여겨진다면, 먼 훗날 이 기록을 들여다볼 자신을 떠올려보세요. 싸락눈처럼 오랜 시간에 걸쳐 쌓인 어떤 기록 앞에서, 조금 피로하고 차분한 낯빛을 한 내가 혼잣말을 하고 있는 모습을요.

그해 처음으로 시작하길 잘했지. 낯선 전염병 때문에 봄이 오고 여름이 가고 또 겨울이 오기까지 네 번의 계절이 통째로 사라진 것만 같은 해였는데. 덕분에 평범한 일상을 자주 들여다보게 되었지. 해가 바뀌어도 상황이 나아지지 않을지 모른다는 낙담 속에서도 고개를 들면 보이던 것은 평범해서 소중한 풍경들. 겨울날 아침의 차고 맑은 공기가, 여름날 저녁의 노을이, 봄날 오후 머리 위로 지던 꽃잎이, 좋다고, 아름답다고, 그러니 이 삶엔 아직 다행한 일이 많다고 생각했었지. 우리가 기억해야 하는 건 다름 아닌 일상이라고. 그래서 이런 기록을 시작할 수 있었고. 지난 시간을 이렇게라도 남겨두어서 정말 다행이야.

모든 기록에는 그것을 시작한 첫 번째 날이 있습니다.
그게 오늘이어도 좋을 거예요.

제 이야기는 여기까지입니다.
이제 당신의 차례예요.
당신이 기억하기로 마음먹은 기록에 대해 들려주세요.

인용 도서 목록

김신지, 『평일도 인생이니까』(RHK, 2020)

이승희, 『기록의 쓸모』(북스톤, 2020)

허지원, 『나도 아직 나를 모른다』(김영사, 2020)

김지수, 『자존가들』(어떤책, 2020)

최진영, 『해가 지는 곳으로』(민음사, 2017)

김하나, 『힘 빼기의 기술』(시공사, 2017)

마스다 미리 저, 권남희 역, 『영원한 외출』(이봄, 2018)

임진아, 『빵 고르듯 살고 싶다』(휴머니스트, 2018)

Editor's letter

큰일입니다. 사고 싶은 것이 생겼습니다. ONE LINE A DAY 다이어리. 하고 싶은 것이 많아졌습니다. 자기 전에 한 줄 쓰기. 여행 일기장 쓰기. 인스타 부계정 만들어 #1일1줍. 노션에 문장 서랍 만들기. 전국 노가리 미식회 업로드하기. 소중한 분들의 영상 남기기… 아아 저는 단 한 가지라도 실행할 수 있게 될까요? 과연? **민**

영화 〈까밀 리와인드〉는 중년의 까밀이 열여섯 살로 타임슬립한 이야기예요. 돌아가신 엄마가 살아 있는 과거의 현재에서 까밀이 부지런히 하는 일이 있습니다. 엄마의 음성을 녹음하는 거예요. 특별한 내용도 아니고, 그냥 엄마의 일상적인 목소리를요. 저 역시 먼저 떠난 이들의 음성과 영상을 남겨두지 못한 걸 두고두고 후회하고 있답니다. 주민님들, 책의 4장에서 소개하는 사랑하는 이들을 위한 기록. 특히 추천하고 싶어요. **희**

이 기록이 나를 어디로 데려다줄까요? 아, 벌써부터 설레는 마음입니다. **현**

모아두기만 하면 기록인 줄 알고 덮어두었던 저에게, 이 책은 기록의 그다음을 열어서 보여주었어요. 이제야말로, 기록을 하기로 했습니다. **령**

기록하기로 했습니다.

1판 1쇄 발행일 2021년 2월 9일
1판 12쇄 발행일 2024년 6월 3일

지은이 김신지
발행인 김학원
발행처 (주)휴머니스트출판그룹
출판등록 제313-2007-000007호(2007년 1월 5일)
주소 (03991) 서울시 마포구 동교로23길 76(연남동)
전화 02-335-4422 **팩스** 02-334-3427
저자 · 독자 서비스 humanist@humanistbooks.com
홈페이지 www.humanistbooks.com
시리즈 홈페이지 blog.naver.com/jabang2017
디자인 스튜디오 고민 **용지** 화인페이퍼 **인쇄** 삼조인쇄 **제본** 해피문화사

자기만의 방은 (주)휴머니스트출판그룹의 지식실용 브랜드입니다.

ISBN 979-11-6080-539-0 (03810)